FRANÇOISE DE GRAFFIGNY

Lettres d'une Péruvienne

Texts and Translations

FRANÇOISE DE GRAFFIGNY

Lettres d'une Péruvienne

Introduction by
Joan DeJean and Nancy K. Miller

The Modern Language Association of America
New York   1993

French text from the Garnier-Flammarion edition of *Lettres d'une Peruvienne*, by Madame de Graffigny. Reprinted by permission of Librarie Ernest Flammarion

Introduction ©1993 by The Modern Language Association of America

For information about obtaining permission to reprint material from MLA book publications, send your request by mail (see address below), e-mail (permissions@mla.org), or fax (646-458-0030).

Library of Congress Cataloging-in-Publication Data

Graffigny, Mme de (Françoise d'Issembourg d'Happoncourt), 1695–1758
    Lettres d'une Péruvienne / Françoise de Graffigny; introduction by Joan DeJean and Nancy K. Miller.
        p.   cm. — (Texts and translations. Texts ; 2.)
        Text in French; introduction in English.
        Includes bibliographical references.
        ISBN 0-87352-777-1 (paper)
    1. France—Social life and customs—18th century—Fiction.
    2. Peruvians—France—Fiction. 3. Women—France—Fiction.
            I. Title. II. Series.
            PQ1986.L4   1993
        843' .5—dc20   93-34826
            ISSN 1079-252X

Fourth printing 2002, with corrections

Printed on recycled paper

Published by The Modern Language Association of America
26 Broadway, New York, NY 10004-1789
www.mla.org

TABLE OF CONTENTS

INTRODUCTION

No work of eighteenth-century French literature has benefited more clearly from twentieth-century American experiments in canon revision than has Françoise de Graffigny's *Lettres d'une Péruvienne*.[1] In recent years, Graffigny's tale of an Inca princess's initiation into the society, the politics, and the culture of eighteenth-century France has become a staple of reading lists in North America. Today's teachers are thereby restoring this work to its original prominence: a best-seller in its day, *Lettres d'une Péruvienne* was reprinted forty-six times in the thirty years following its initial publication in 1747.[2] However, the novel fell out of favor in the nineteenth century. Furthermore, when the French pedagogical canon was opened to eighteenth-century works, Graffigny's novel— along with the production of her female contemporaries in general—was denied classic status.

This situation would hardly have surprised Graffigny, who firmly believed that women were at a disadvantage in the literary marketplace. In her extensive correspondence, she consistently downplays her literary efforts —not an unusual stance for someone who became an author almost by accident. Born Françoise d'Issembourg d'Happoncourt in 1695, she grew up in Lorraine. A disastrous marriage in 1712 to François Huguet (the couple took the name de Graffigny from one of his family properties) ended with a legal separation, a decree that was then obtained only with great difficulty. Graffigny's was probably granted to her only because her husband, after having squandered his inheritance, had begun to dissipate her family's money as well. However, the marriage was also troubled in other ways: in unpublished testimony she prepared for the court proceedings, Graffigny cited witnesses who certified that she had been the victim of frequent and violent physical abuse at his hands. After the separation, she moved to Lunéville, where she was under the protection of the ducal court. Subsequently, Graffigny turned to literature to support herself. In 1738, at age forty-four, she took up residence in Paris, where she moved in a literary milieu. During her career, she wrote stories, notably "Nouvelle espagnole" (1745); two plays, *Cénie* (1750), a sentimental comedy, and *La fille d'Aristide* (the first was staged at the Comédie-Française with great success; the second, when staged there in 1758, the year of Graffigny's death, was a failure); a number of fables, destined for the education of the children of the Imperial Court at Vienna; and one novel.

In many ways, her *Lettres d'une Péruvienne* respects epistolary conventions well established by the mid-eighteenth century. In Zilia's initial epistles to her beloved Aza the reader can hear echoes of Mariane, the plaintive heroine of the *Lettres portugaises* (1668), the original French epistolary novel. At first Zilia, like her precursor, "writes to the moment"—as Samuel Richardson termed one of his favorite epistolary techniques—collapsing as much as possible the distance between event and narration and suggesting thereby a present tense with an impossible plenitude. For Zilia, this plenitude is necessary to keep alive the illusion of Aza's presence in her life. "Je t'aime, je le pense, je le sens encore, je le dis pour la dernière fois," she writes him at the end of letter 6. This letter marks the first turning point in her correspondence. Faced with the realization that she is being taken away from her homeland, where the illusion of a dialogue with Aza can more plausibly be kept alive, Zilia contemplates suicide: nothingness is preferable to existence outside the plenitude created by writing to the moment.

But then letter 7 begins the revelation of a new Zilia. She explains that to choose suicide, in the manner of numerous abandoned women in epistolary literature (notably several heroines of Ovid's *Epistulae heroidum*, one of the most prominent models for Graffigny's age) or in the manner of Montesquieu's Roxane (of his *Lettres persanes*), is merely to elect "de la faiblesse pour principe de notre héroïsme." Graffigny creates a radically new type of epistolary heroine, a model for the age of Enlightenment. The new type of "heroinism" (to borrow the term coined by Ellen Moers) she proposes through Zilia is both far more active and far more overtly philosophic.

In letter 9, Zilia learns that she is in the hands of the French, who are bringing her to their homeland. She also announces to Aza, "[J]e cherche des lumières avec une agitation qui me dévore." This appearance of "lumières," the code word for subversive eighteenth-century philosophic activity, announces the major change in Graffigny's heroine that occurs when she arrives on French soil. Timidly at first, but with ever greater force as Zilia's

xi

knowledge of the French and their language increases, Graffigny uses her heroine as a voice of social satire. In letter 18, Zilia, who initially communicates with Aza in her native "language," by quipus, or knotted weavings, describes the process by which she learns to write—and to write in French. After her initiation into the art of writing, she says that she is "rendue à [elle]-même." Zilia is beginning to realize, as did the heroine of the *Lettres portugaises* before her, that, from this point on, she will be writing not only for the beloved who never answers her letters but also for herself. Once she has been "restored to herself," Zilia begins her critique of French society.

Before the novel ends, Zilia becomes a far bolder practitioner of this dominant Enlightenment discourse than are the heroes created by any of Graffigny's male contemporaries. She forces readers to confront such controversial issues as the cult of the superfluous in France (letter 28); the lack of self-respect ("le respect pour soi-même") that she feels is widespread in France (letter 34); and the corruption of aristocratic values, caused, she believes, by that century's equivalent of our century's culture of narcissism (letter 29).

Graffigny even uses Zilia to voice some of the most vehement feminist protest in eighteenth-century literature.[3] She blames the "scornful" attitude of the French toward women on the superficiality of women's education —typically in convent schools. Graffigny reserves her most outspoken criticism for marriage as it was then institutionalized among French aristocrats. Women became brides when they were too young and were ill-prepared for their new life. Instead of attempting to compensate for this lack of early education, husbands gave their wives a freedom so unstructured and unsupervised that it was dangerous to those untrained to deal with it. Allowed absolute authority over their wives, husbands could punish severely even "l'apparence d'une légère infidelité," whereas wives, even if they were abused and reduced to "indigence" by a husband's "prodigalité criminelle," had no protection under the law. "Il semble qu'en France les liens du mariage ne soient réciproques qu'au moment de la célébration, et que dans la suite les femmes seules y doivent être assujetties" (letter 34).

This unflinching critique best illustrates the radical nature of Zilia's evolution. By the end of Graffigny's novel, the Inca princess originally quite ignorant of life outside the Temple of the Sun has come to know a foreign culture from within. Zilia's initial loss of status when she is stripped of her rank as a result of the Spanish conquest undoubtedly explains her ability to attain a degree of insight rare among foreign characters in eighteenth-century fiction. The possession of such knowledge naturally forces Zilia to confront the thorny question of her ultimate place in French society and to decide whether she will attempt to live, not only in French and among the French, but as though she were native born. Well before Zilia can formulate her boldest social protest, she realizes that she fits into no category in the French social hierarchy —what the following century would begin to call its class system (and Graffigny's vocabulary here may be the earliest use of "classe" in its modern meaning): "Je n'ai ni or, ni terres, ni industrie, je fais nécessairement partie des citoyens de cette ville. O ciel! dans quelle classe dois-je me ranger?" (letter 21). By the time Graffigny uses her as a mouthpiece to vindicate the rights of women in letter

34, Zilia is ready to take her place among "the citizens of the city." Graffigny's response to the dilemma Zilia poses with regard to the "class" of the foreign women offers what may seem a decidedly utopian solution to the problems of multiculturalism. It can also be seen as an indication of the place Graffigny reserved for her novel in the French tradition.

Zilia's assimilation officially begins as soon as she delivers her attack on marriage. At first, the process is controlled by Déterville, the French suitor who has supervised her life ever since his fellow countrymen captured her along with the Spanish ship on which she was taken from Peru. Déterville "transforms" Inca gold, notably the gold throne from which Aza had been destined to rule over his people, into a small estate and a chest of French gold coins. The relics of Zilia's native culture thus secure her class status in France. At this point, Déterville fully expects that Zilia will want to complete her initiation into Frenchness by accepting his proposal of marriage. In her final letter, however, Zilia asks him to forget marriage and all "sentiments tumultueux" and to be content instead with friendship (letter 41). Her decision, which continues to frustrate readers today, drove their eighteenth-century counterparts to a veritable frenzy of disappointment. Graffigny received numerous letters from readers who begged her to change the novel's ending and give them the marriage they clearly felt they had been led to expect. Graffigny remained obstinate in her refusal.

She could hardly have reversed a decision so fundamental to her heroine's ultimate self-definition. When Zilia first understands Déterville's intentions, she blurts out, "Comment cela se pourrait-il? . . . Vous n'êtes point de ma nation" (letter 23). From the beginning, Graffigny makes it clear that Incas in general do not understand the incest taboo. Zilia's unequivocal response here, however, may indicate that she does understand a different taboo. Her use of "nation" in the sense of "peuple" in this context perhaps suggests that she does not believe in assimilation by what our modern vocabulary would call racial mixing. Or it may signify a rejection of the possibility of cultural assimilation. In either case, Zilia refuses to marry a Frenchman and decides to preserve instead her sense of difference by living in a way unknown to the French as she has portrayed them.

Her only true precursor is the heroine of an earlier novel, *La Princesse de Clèves* (1678). In a famously controversial ending, Lafayette offered readers a woman who, although free to remarry after her husband's death, rejects her ardent suitor in favor of life alone on an isolated estate. This French princess's decision is so laconically explained—she speaks only of her need for "repos" and her sense of "devoir"—that for over three centuries readers have found it open to the most diverse interpretations. Graffigny's Inca princess is more specific about the desires that are responsible for her decision to renounce marriage.

Already at the end of letter 32, well before her critique of the French has become its most passionate, Zilia introduces the rhetoric central to her final scenario for self-preservation in the midst of a world with values she cannot respect: "Heureuse la nation qui n'a que la nature pour guide, la vérité pour principe, et la vertu pour mobile." Nature, truth, and virtue—Zilia's trinity of public values announces the private values she defines for

Déterville at the novel's close, the values she feels would be threatened, were she to marry him: "Le plaisir d'être; . . . ce bonheur si pur, *je suis, je vis, j'existe,* pourrait seul rendre heureux, . . . si l'on en connaissait le prix."

When her heroine thus prefers self-knowledge and self-possession to passionate romantic love, Graffigny harks back to Lafayette's novel, the greatest work of seventeenth-century French prose fiction. Unlike the princess of Clèves, however, about whom the reader knows only that her life after the novel's end was "assez courte," Zilia has a precise occupation. Inside the "château of her own," she becomes a writer, translating her first letters into French. At the same time, Graffigny's novel is a precursor of the work literary history (the same literary history that refused *Lettres d'une Péruvienne* a place in the eighteenth-century canon) has pronounced the greatest French novel of the eighteenth century, Rousseau's *Julie, ou la Nouvelle Héloïse* (1761). Zilia's evolution takes her from her initial rhetoric of pure sentimentality to her final voice—the expression of pure being, that is, existence in which the self is at one with nature. With Zilia's ultimate rhetorical stance, Graffigny announces, long before Rousseau, the Romantic tradition in French literature. In addition, the type of relation Zilia offers Déterville foreshadows that on which Rousseau's lovers, Julie and Saint-Preux, eventually agree (and which they never successfully negotiate).

Lettres d'une Péruvienne can be seen as an essential link in the early development of the novel in France. Since its appearance on the pedagogical scene, the landscape of eighteenth-century literature has taken on exciting new contours.

Joan DeJean

The publisher's preface to *Lettres d'une Péruvienne* situates Graffigny's novel within the great anthropological project of the Enlightenment: the interrogation of what we today like to call Eurocentrism. Although in the process the writers and philosophers of eighteenth-century France necessarily found themselves caught up in the seductions of the exotic other, it's still important to see how as critics they brought self-consciousness to bear on the gaze of cultural domination. "Comment," Montesquieu famously asked in his *Lettres persanes*, "peut-on être Persan?" 'How can one be Persian?' Who defines what otherness is? What does our imagination of another subjectivity tell us about the limits of our own? What, for instance, does it mean to be French?

Through the fiction of the editorial frame, Graffigny gets to ask these questions again herself, but with a difference. Graffigny's Zilia, ethnographer-heroine, is doubly other: she is Peruvian *and* female. "Comment peut-on être Péruvienne?" What does it mean to be woman and other in France? The mark of gender in the designation of nationality works in several ways: it situates Graffigny's story in relation to Montesquieu's; it raises the possibility of a feminist critique of Enlightenment strategies; it figures the position of the woman novelist and her relation to the prestige of philosophical discourses, and in particular to the *roman philosophique*. Graffigny's title also performs another important displacement: the move from the adjective—*persanes*—to the noun—*Péruvienne*—emphasizes the identity of the letter writer, her singular subjectivity over the national "origin" of her correspondence.

In the 1752 edition of the novel we are using here, a "Historical Introduction" follows the prefatory note and rehearses in poignant brevity the history of suffering of the Peruvian people at the hands of Spanish colonizers in the sixteenth century.[4] Graffigny takes this opportunity to enlist in her ethnographic undertaking the essay "Des coches," in which Montaigne reflects on the relativity and fragility of human knowledge, especially the knowledge of cultures not one's own. She quotes him to support her account of imperialism and perhaps to align her work with the literary authority of an older tradition of social commentary in France as well. This thumbnail introduction also allows Graffigny to identify the sources of her anthropological knowledge: El Inca Garcilaso de la Vega's book on the Incas, a popular history translated from Spanish into French in 1633 and reprinted most recently in 1744. Montaigne's contemporary, he seems to be Graffigny's primary source for information about the Incas; his *Royal Commentaries of the Incas* is still in print and part of the historical record. The cultural detail essential to Graffigny's fiction is the *quipu* (or *quipo*, as it is also spelled). Quipus were a system of knotting used throughout the Inca empire for all the record-keeping requirements of the bureaucracy; anthropologists today characterize the knots as the emblem of Inca culture. Strictly speaking, they are not a form of writing, but Graffigny, following Garcilaso, is tempted by the analogy that likens knotting to writing. The seduction of the analogy is another way of understanding the subversion of authority Graffigny's novel takes as a central theme, for—again, strictly speaking—the *quipucamayu*, the scribe of Inca chronicles and inventory, was not likely to have been a woman in love or even a woman writer.

Graffigny's appropriation of these cultural materials for her critique of eighteenth-century French society is not random. Given the great vogue of the exotic, she might have traveled to any number of places in her imagination; Voltaire and Montesquieu had pointed the way. But she chose the quipu because it allowed her to represent the stakes of women's writing—literally and metaphorically—in a way that naturalized her audacity. Just as the critics swallowed the implausibility of Zilia's rapid transfer from sixteenth-century Spain to eighteenth-century France, no one challenged her role as cultural critic and translator. Because Zilia was a victim of violence, carried off against her will to a foreign land, the daring of her self-invention —or, rather, Graffigny's originality—provided its own alibi. Zilia's vulnerability at the hands of her captors masked the less orthodox plot of self-determination implicit in her critical positioning as an outsider.

Zilia's uniqueness as a heroine has to do, as we have seen, with Graffigny's own knotting of several literary traditions: the philosophical tale, the epistolary novel, and Lafayette's legacy of heroinism. Although Graffigny does not invoke the *Lettres portugaises*, a seventeenth-century epistolary text generally thought to have launched the vogue of love-letter novels in which the heroine writes repeatedly to her lover of her love and misery, Graffigny's readers would not have missed the indirect reference. What these traditions allow her to do, then, is to take off from their effects and create a radical, modern figure.

When Zilia begins learning how to write French, she is writing to Aza. She justifies learning the language of her captors both by her need to obtain information about her beloved Aza's whereabouts and by her need to place their story within the European landscape. But as Zilia progresses in her mastery of that foreign language, she also sketches out the lines of another story, the story twentieth-century feminist critics like Hélène Cixous have called a coming to writing. "Je dois une partie de ces connaissances," she writes to Aza, "à une sorte d'écriture que l'on appelle *livres*" (letter 20). Zilia's fascination here for the wonderful men who have actually written these books helps us understand the ending of the novel. She wonders about the respect writers earn for their contribution to the social good and what rank they occupy in society (letter 22). In the chateau of her own that (magically) becomes her French home, Zilia is especially thrilled by her personal library: "une infinité de livres de toutes couleurs, de toutes formes, et d'une propreté admirable" (letter 35). Zilia can hardly tear herself away to visit the rest of her domain before having read all of them. Though her collection is not likely to rival Montesquieu's real one (nor does she enjoy his seventeen secretaries), it perhaps is competitive with Montaigne's book-lined tower: a privileged place for writing and meditation.

Before Zilia runs out of quipus, she explains to Aza that she was hoping to continue writing to him, even though she doesn't know where he is, in order not only to keep a record of her feelings for him but also to "conserver la mémoire des principaux usages de cette nation singulière" (letter 16). The first project owes everything to the logic of the sentimental; the second to something less predictable: the performance of cultural criticism. Put another way, these two desires are functions of the two genres intertwined in Graffigny's novel: the love-letter novel and the philosophical tale. Although in conventional literary histories *Lettres d'une Péruvienne* tends to be ranked among "women's novels"—that is, the novels for "sensitive hearts," as if the love story were its only reason for existence— Graffigny's novel should also be understood as part of the philosophical tradition of social analysis through fiction. Or we could say that it offers a critique of both modes.

In one of Zilia's earliest experiences as an observer of this strange nation's customs, she encounters "cette ingénieuse machine qui double les objets" (letter 12). What's interesting about this characteristic use of periphrasis— describing the function of an object in the absence of its proper name—is that it does not lead to a discussion of feminine vanity. When Zilia looks in the mirror, she likes her new French style, but she does not remain fascinated by her image. Although she is surprised to see herself "comme si j'étais vis-à-vis de moi-même," the discovery becomes the first occasion in which Zilia tries on her new persona as cultural critic: "Ces prodiges troublent la raison, ils offusquent le jugement; que faut-il penser des habitants de ce pays? Faut-il les craindre, faut-il les aimer? Je me garderai bien de rien déterminer là-dessus" (letter 10). In this mirror stage of self-identification, Zilia learns the power of doubleness. To be double is to understand that identity is always intersubjective.

Like the *précieuses* before her, who were also known for their gift for periphrasis, Zilia's true love turns out to be a passion for the power of language; and there is nothing ridiculous about her desire to learn how to make language empowering for her designs of autonomy. Zilia struggles through her writing lessons—"la méthode dont on se sert ici pour donner une sorte d'existence aux pensées" (letter 16)—in order, she says, to discover the whereabouts of her fiancé and to proclaim her love for him, writing his name, like graffiti, on the walls (letter 18). Although, as it turns out, Zilia's dearest Aza turns out to be unworthy of such devotion and Déterville, the French suitor, arrives too late for a replay of the marriage plot, the writing lessons have not been in vain. By giving a kind of existence to thoughts, writing has given Zilia the possibility of producing novel ideas for her existence.

Graffigny's fiction creates a subversive heroine, who resists in writing the authority of her masters, old and new. But can the "master's tools dismantle the master's house?" Audre Lorde's question is one we should keep in our minds as we reread this eighteenth-century feminist fable. It's a question not unfamiliar to the philosophes themselves.

Nancy K. Miller

Notes

[1] For biographical information on the years 1695–1739 of Graffigny's life, see volume 1 of her *Correspondance*, ed. J. A. Dainard, English Showalter, et al. (Oxford: Voltaire Foundation, 1985) xxv–xxxvii. For later years, the letters themselves must be consulted. Volume 3 of her *Correspondance*, which goes through 1742, appeared in 1992. In the eighteenth century, her name was written both "Grafigny" and "Graffigny." We follow the decision of the editors of her correspondence: Graffigny.

[2] See David Smith, "The Popularity of Mme de Graffigny's *Lettres d'une Péruvienne*: The Bibliographical Evidence," *Eighteenth-Century Fiction* 3 (1990): 1–20.

[3] See in particular letters 33 and 34. Letters 29 and 34 contain the novel's most unflinching social protest.

[4] The introduction may have been written by Antoine Bret or in collaboration with him.

SELECTED BIBLIOGRAPHY

Altman, Janet Gurkin. "Graffigny's Epistemology and the Emergence of Third-World Ideology." *Writing the Female Voice: Essays on Epistolary Literature.* Ed. Elizabeth C. Goldsmith. Boston: Northeastern UP, 1989.

———. "A Woman's Place in the Enlightenment Sun: The Case of F. de Graffigny." *Romance Quarterly* 38 (1991): 261–71.

Davies, Simon. "*Lettres d'une Péruvienne* 1977–1997: The Present State of Studies." *Studies on Voltaire and the Eighteenth Century* 5 (2000): 293–322.

DeJean, Joan. *Tender Geographies: Women and the Origins of the Novel in France.* New York: Columbia UP, 1991.

Douthwaite, Julia V. *Exotic Women: Literary Heroines and Cultural Strategies in Ancien Régime France.* Philadelphia: U of Pennsylvania P, 1992.

Jensen, Katharine A. *Writing Love: Letters, Women, and the Novel (1605–1776).* Carbondale: Southern Illinois UP, 1994.

Landy-Houillon, Isabelle. Introduction. Lettres portugaises, Lettres d'une Péruvienne *et autres romans d'amour par lettres.* Paris: Garnier, 1983.

MacArthur, Elizabeth J. "Devious Narratives: Refusal of Closure in Two Eighteenth-Century Novels." *Eighteenth-Century Studies* 21.1 (1987): 1–20.

Miller, Nancy K. *Subject to Change: Reading Feminist Writing.* New York: Columbia UP, 1988.

Showalter, English, Jr. "Les *Lettres d'une Péruvienne*: Composition, Publication, Suites." *Archives et Bibliothèques de Belgique* 54.1–4 (1983): 14–28.

Undank, Jack. "Grafigny's Room of Her Own." *French Forum* 13.3 (1988): 297–318.

NOTE ON THE TEXT

The first edition of *Lettres d'une Péruvienne* appeared in 1747. Graffigny revised the novel for the 1752 edition, making numerous small changes and corrections throughout. Most important, she added two entirely new letters (29 and 34), reworked the original letter 28, and included part of it in a new letter 30. During the next hundred years, the work went back to press more than 130 times, with editions including translations into English and most other European languages as well as reprints of the original French. Several continuations were published, and some were even regularly reprinted. Gianni Nicoletti's modern scholarly edition (Bari: Adriatica Editrice, 1967) reprints the 1752 edition and gives all the variants from the 1747 edition; these were the only two for which Graffigny herself was responsible. The Garnier-Flammarion edition, edited by Bernard Bray and Isabelle Landy-Houillon in 1983, uses the 1752 text but modernizes spelling, punctuation, and capitalization and corrects some obvious mistakes identified by Nicoletti. We are grateful to Librairie Ernest Flammarion for permission to reprint the 1983 Garnier-Flammarion edition. We have made the corrections to the 1752 edition that Graf-figny wished to have incorporated; these can be found on an errata leaf in the copies of that edition in the collections of Yale University and the University of Toronto. Throughout the text we have made use of David Kornacker's supplementary notes for his translation of the text in this series. These notes always appear in brackets.

FRANÇOISE DE GRAFFIGNY

Lettres d'une Péruvienne

Avertissement

Si la vérité, qui s'écarte du vraisemblable, perd ordinairement son crédit aux yeux de la raison, ce n'est pas sans retour; mais pour peu qu'elle contrarie le préjugé, rarement elle trouve grâce devant son tribunal.

Que ne doit donc pas craindre l'éditeur de cet ouvrage, en présentant au public les lettres d'une jeune Péruvienne, dont le style et les pensées ont si peu de rapport à l'idée médiocrement avantageuse qu'un injuste préjugé nous a fait prendre de sa nation.

Enrichis par les précieuses dépouilles du Pérou, nous devrions au moins regarder les habitants de cette partie du monde comme un peuple magnifique; et le sentiment du respect ne s'éloigne guère de l'idée de la magnificence.

Mais toujours prévenus en notre faveur, nous n'accordons du mérite aux autres nations qu'autant que leurs mœurs imitent les nôtres, que leur langue se rapproche de notre idiome. Comment peut-on être Persan?[1]

Nous méprisons les Indiens; à peine accordons-nous une âme pensante à ces peuples malheureux; cependant leur histoire est entre les mains de tout le monde; nous y trouvons partout des monuments de la sagacité de leur esprit, et de la solidité de leur philosophie.

---

[1] *Lettres persanes* [Montesquieu, *Persian Letters*, trans. C. J. Betts (London: Penguin, 1973) 83].

3

Un de nos plus grands poètes a crayonné les mœurs indiennes dans un poème dramatique, qui a dû contribuer à les faire connaître.[2]

Avec tant de lumières répandues sur le caractère de ces peuples, il semble qu'on ne devrait pas craindre de voir passer pour une fiction des lettres originales, qui ne font que développer ce que nous connaissons déjà de l'esprit vif et naturel des Indiens; mais le préjugé a-t-il des yeux? Rien ne rassure contre son jugement, et l'on se serait bien gardé d'y soumettre cet ouvrage, si son empire était sans bornes.

Il semble inutile d'avertir que les premières lettres de Zilia ont été traduites par elle-même: on devinera aisément qu'étant composées dans une langue, et tracées d'une manière qui nous sont également inconnues, le recueil n'en serait pas parvenu jusqu'à nous, si la même main ne les eût écrites dans notre langue.

Nous devons cette traduction au loisir de Zilia dans sa retraite, à la complaisance qu'elle eut de la communiquer au chevalier Déterville, et à la permission qu'il obtient de la garder.

On connaîtra facilement aux fautes de grammaire et aux négligences du style, combien on a été scrupuleux de ne rien dérober à l'esprit d'ingénuité qui règne dans cet ouvrage. On s'est contenté de supprimer un grand nom-

---

[2]*Alzire* [a tragedy by Voltaire, first performed in 1736].

bre de figures hors d'usage dans notre style: on n'en a laissé que ce qu'il en fallait pour faire sentir combien il était nécessaire d'en retrancher.

On a cru aussi pouvoir, sans rien changer au fond de la pensée, donner une tournure plus intelligible à de certains traits métaphysiques, qui auraient pu paraître obscurs. C'est la seule part que l'on ait à ce singulier ouvrage.

Introduction historique aux
Lettres Péruviennes

Il n'y a point de peuple dont les connaissances sur son origine et son antiquité soient aussi bornées que celles des Péruviens. Leurs annales renferment à peine l'histoire de quatre siècles.

Mancocapac, selon la tradition de ces peuples, fut leur législateur, et leur premier Inca. Le Soleil, qu'ils appelaient leur père, et qu'ils regardaient comme leur Dieu, touché de la barbarie dans laquelle ils vivaient depuis longtemps, leur envoya du Ciel deux de ses enfants, un fils et une fille, pour leur donner des lois, et les engager, en formant des villes et en cultivant la terre, à devenir des hommes raisonnables.

C'est donc à *Mancocapac* et à sa femme *Coya-Mama-Oello-Huaco* que les Péruviens doivent les principes, les mœurs et les arts qui en avaient fait un peuple heureux, lorsque l'avarice, du sein d'un monde dont ils ne soupçonnaient pas même l'existence, jeta sur leurs terres des tyrans dont la barbarie fit la honte de l'humanité et le crime de leur siècle.

Les circonstances où se trouvaient les Péruviens lors de la descente des Espagnols ne pouvaient être plus favorables à ces derniers. On parlait depuis quelque temps d'un ancien oracle qui annonçait qu'*après un certain nombre de rois, il arriverait dans leur pays des hommes extraordinaires, tels qu'on n'en avait jamais vu, qui envahiraient leur royaume et détruiraient leur religion.*

Quoique l'astronomie fût une des principales connaissances des Péruviens, ils s'effrayaient des prodiges ainsi que bien d'autres peuples. Trois cercles qu'on avait aperçus autour de la lune, et surtout quelques comètes, avaient répandu la terreur parmi eux; une aigle poursuivie par d'autres oiseaux, la mer sortie de ses bornes, tout enfin rendait l'oracle aussi infaillible que funeste.

Le fils aîné du septième des Incas, dont le nom annonçait dans la langue péruvienne la fatalité de son époque,[3] avait vu autrefois une figure fort différente de celle des Péruviens. Une barbe longue, une robe qui couvrait le spectre jusqu'aux pieds, un animal inconnu qu'il menait en laisse; tout cela avait effrayé le jeune prince, à qui le fantôme avait dit qu'il était fils du Soleil, frère de *Manco-capac*, et qu'il s'appelait Viracocha. Cette fable ridicule s'était malheureusement conservée parmi les Péruviens, et dès qu'ils virent les Espagnols avec de grandes barbes, les jambes couvertes et montés sur des animaux dont ils n'avaient jamais connu l'espèce, ils crurent voir en eux les fils de ce Viracocha qui s'était dit fils du Soleil, et c'est de là que l'usurpateur se fit donner par les ambassadeurs qu'il leur envoya le titre de descendant du Dieu qu'ils adoraient: tout fléchit devant eux, le peuple est partout le

---

[3] Il s'appelait *Yahuarhuocac*, ce qui signifiait littéralement *Pleure-sang*.

même. Les Espagnols furent reconnus presque généralement pour des Dieux, dont on ne parvint point à calmer
les fureurs par les dons les plus considérables et les hom-
mages les plus humiliants.

Les Péruviens, s'étant aperçus que les chevaux des
Espagnols mâchaient leurs freins, s'imaginèrent que ces
monstres domptés, qui partageaient leur respect et peut-
être leur culte, se nourrissaient de métaux, ils allaient
leur chercher tout l'or et l'argent qu'ils possédaient, et les
entouraient chaque jour de ces offrandes. On se borne à
ce trait pour peindre la crédulité des habitants du Pérou,
et la facilité que trouvèrent les Espagnols à les séduire.

Quelque hommage que les Péruviens eussent rendu à
leurs tyrans, ils avaient trop laissé voir leurs immenses
richesses pour obtenir des ménagements de leur part.

Un peuple entier, soumis et demandant grâce, fut passé
au fil de l'épée. Tous les droits de l'humanité violés laissèrent les Espagnols les maîtres absolus des trésors d'une
des plus belles parties du monde. *Méchaniques victoires*
(s'écrie Montaigne[4] en se rappelant le vil objet de ces con-
quêtes) *jamais l'ambition* (ajoute-t-il) *jamais les inimitiés
publiques ne poussèrent les hommes les uns contre les autres à si
horribles hostilités ou calamités si misérables.*

---

[4]Tome V, chap. vi, des Coches ["Of Coaches," *The Complete Essays of
Montaigne*, trans. Donald M. Frame (Stanford: Stanford UP, 1957) 695;
bk. 3, essay 6].

C'est ainsi que les Péruviens furent les tristes victimes d'un peuple avare qui ne leur témoigna d'abord que de la bonne foi et même de l'amitié. L'ignorance de nos vices et la naïveté de leurs mœurs les jetèrent dans les bras de leurs lâches ennemis. En vain des espaces infinis avaient séparé les villes du Soleil de notre monde, elles en devinrent la proie et le domaine le plus précieux.

Quel spectacle pour les Espagnols, que les jardins du temple du Soleil, où les arbres, les fruits et les fleurs étaient d'or, travaillés avec un art inconnu en Europe! Les murs du temple revêtus du même métal, un nombre infini de statues couvertes de pierres précieuses, et quantité d'autres richesses inconnues jusqu'alors éblouirent les conquérants de ce peuple infortuné. En donnant un libre cours à leurs cruautés, ils oublièrent que les Péruviens étaient des hommes.

Une analyse aussi courte des mœurs de ces peuples malheureux que celle qu'on vient de faire de leurs infortunes, terminera l'introduction qu'on a crue nécessaire aux Lettres qui vont suivre.

Ces peuples étaient en général francs et humains; l'attachement qu'ils avaient pour leur religion les rendait observateurs rigides des lois qu'ils regardaient comme l'ouvrage de *Mancocapac*, fils du Soleil qu'ils adoraient.

Quoique cet astre fût le seul Dieu auquel ils eussent érigé des temples, ils reconnaissaient au-dessus de lui un Dieu créateur qu'ils appelaient *Pachacamac*, c'était pour eux le *grand nom*. Le mot de Pachacamac ne se prononçait que rarement, et avec des signes de l'admiration la plus grande. Ils avaient aussi beaucoup de vénération pour la Lune, qu'ils traitaient de femme et de sœur du Soleil. Ils la regardaient comme la mère de toutes choses; mais ils croyaient, comme tous les Indiens, qu'elle causerait la destruction du monde en se laissant tomber sur la terre qu'elle anéantirait par sa chute. Le tonnerre, qu'ils appelaient *Yalpor*, les éclairs et la foudre passaient parmi eux pour les ministres de la justice du Soleil, et cette idée ne contribua pas peu au saint respect que leur inspirèrent les premiers Espagnols, dont ils prirent les armes à feu pour des instruments du tonnerre.

L'opinion de l'immortalité de l'âme était établie chez les Péruviens; ils croyaient, comme la plus grande partie des Indiens, que l'âme allait dans des lieux inconnus pour y être récompensée ou punie selon son mérite.

L'or et tout ce qu'ils avaient de plus précieux composaient les offrandes qu'ils faisaient au Soleil. Le *Raymi* était la principale fête de ce Dieu, auquel on présentait dans une coupe du *maïs*, espèce de liqueur forte que les Péruviens savaient extraire d'une de leurs plantes, et dont ils buvaient jusqu'à l'ivresse après les sacrifices.

Il y avait cent portes dans le temple superbe du Soleil. L'Inca régnant, qu'on appelait le Capa-Inca, avait seul le droit de les faire ouvrir; c'était à lui seul aussi qu'appartenait le droit de pénétrer dans l'intérieur de ce temple.

Les Vierges consacrées au Soleil y étaient élevées presque en naissant, et y gardaient une perpétuelle virginité, sous la conduite de leurs *Mamas*, ou gouvernantes, à moins que les lois ne les destinassent à épouser des Incas, qui devaient toujours s'unir à leurs sœurs, ou à leur défaut à la première princesse du sang qui était Vierge du Soleil. Une des principales occupations de ces Vierges était de travailler aux diadèmes des Incas, dont une espèce de frange faisait toute la richesse.

Le temple était orné des différentes idoles des peuples qu'avaient soumis les Incas, après leur avoir fait accepter le culte du Soleil. La richesse des métaux et des pierres précieuses dont il était embelli le rendait d'une magnificence et d'un éclat dignes du Dieu qu'on y servait.

L'obéissance et le respect des Péruviens pour leurs rois étaient fondés sur l'opinion qu'ils avaient que le Soleil était le père de ces rois. Mais l'attachement et l'amour qu'ils avaient pour eux étaient le fruit de leurs propres vertus, et de l'équité des Incas.

On élevait la jeunesse avec tous les soins qu'exigeait l'heureuse simplicité de leur morale. La subordination n'effrayait point les esprits parce qu'on en montrait la nécessité de très bonne heure, et que la tyrannie et l'orgueil n'y avaient aucune part. La modestie et les égards mutuels étaient les premiers fondements de l'éducation des enfants; attentifs à corriger leurs premiers défauts, ceux qui étaient chargés de les instruire arrêtaient les progrès d'une passion naissante,[5] ou les faisaient tourner au bien de la société. Il est des vertus qui en supposent beaucoup d'autres. Pour donner une idée de celles des Péruviens, il suffit de dire qu'avant la descente des Espagnols, il passait pour constant qu'un Péruvien n'avait jamais menti.

Les *Amautas*, philosophes de cette nation, enseignaient à la jeunesse les découvertes qu'on avait faites dans les sciences. La nation était encore dans l'enfance à cet égard, mais elle était dans la force de son bonheur.

Les Péruviens avaient moins de lumières, moins de connaissances, moins d'arts que nous, et cependant ils en avaient assez pour ne manquer d'aucune chose nécessaire. Les *quapas* ou les *quipos*[6] leur tenaient lieu de notre art d'écrire. Des cordons de coton ou de boyau, auxquels d'autres cordons de différentes couleurs étaient attachés, leur rappelaient, par des nœuds placés de distance en distance, les choses dont ils voulaient se ressouvenir. Ils leur servaient d'annales, de codes, de rituels, etc. Ils avaient des officiers publics, appelés *Quipocamaios*, à la garde desquels les quipos étaient confiés. Les finances, les comptes,

---

[5]Voyez les cérémonies et coutumes religieuses, *Dissertations sur les peuples de l'Amérique*, chap. 13. [If any work with the title given here ever existed, it was extremely obscure. English Showalter suggests that the information may have been drawn from J.-F. Bernard, Antoine-Augustin Bruzen de La Martinière, et al., *Cérémonies et coutumes religieuses de tous les peuples du monde* (Amsterdam, 1723–43), 8 vols.]

[6]Les quipos du Pérou étaient aussi en usage parmi plusieurs peuples de l'Amérique méridionale.

les tributs, toutes les affaires, toutes les combinaisons étaient aussi aisément traités avec les *quipos* qu'ils auraient pu l'être par l'usage de l'écriture.

Le sage législateur du Pérou, Mancocapac, avait rendu sacrée la culture des terres; elle s'y faisait en commun, et les jours de ce travail étaient des jours de réjouissance. Des canaux d'une étendue prodigieuse distribuaient partout la fraîcheur et la fertilité. Mais ce qui peut à peine se concevoir, c'est que sans aucun instrument de fer ni d'acier, et à force de bras seulement, les Péruviens avaient pu renverser des rochers, traverser les montagnes les plus hautes pour conduire leurs superbes aqueducs, ou les routes qu'ils pratiquaient dans tout leur pays.

On savait au Pérou autant de géométrie qu'il en fallait pour la mesure et le partage des terres. La médecine y était une science ignorée, quoiqu'on y eût l'usage de quelques secrets pour certains accidents particuliers. *Garcilasso*** dit qu'ils avaient une sorte de musique, et même quelque genre de poésie. Leurs poètes, qu'ils appelaient *Hasavec*, composaient des espèces de tragédies et des comédies, que les fils des *Caciques*[7] ou des *Curacas*[8]

---

*[The reference is to El Inca Garcilaso de la Vega (c. 1539–1616), the son of Pizarro's lieutenant Sebastián Garcilaso de la Vega y Vargas and an Inca princess. His works on Inca customs and history were widely available in eighteenth-century France.]

[7]Caciques, espèce de gouverneurs de province.

[8]Souverains d'une petite contrée; ils ne se présentaient jamais devant les Incas et les reines sans leur offrir un tribut des curiosités que produisait la province où ils commandaient.

représentaient pendant les fêtes devant les Incas et toute la cour.

La morale et la science des lois utiles au bien de la société étaient donc les seules choses que les Péruviens eussent apprises avec quelque succès. *Il faut avouer* (dit un historien),[9] *qu'ils ont fait de si grandes choses, et établi une si bonne police, qu'il se trouvera peu de nations qui puissent se vanter de l'avoir emporté sur eux en ce point.*

---

[9]Puffendorf, *Introd. à l'Histoire.* [The author's full name is most commonly given as Samuel, Freiherr von Pufendorf (1632–94). Pufendorf's work covers only Europe. For the seven-volume 1738 edition of the work that Graffigny has in mind (Amsterdam: Zacharie Chatelain), Antoine-Augustin Bruzen de La Martinière wrote a two-volume continuation entitled *Introduction à l'histoire de l'Asie, de l'Afrique, et de l'Amérique. Pour servir de suite à l'*Introduction à l'histoire *du Baron de Pufendorff.* La Martinière summarizes El Inca Garcilaso de la Vega in volume 2, chapter 7, but does not include the quotation for which the work is cited. The quotation is in fact taken verbatim from Garcilaso's *Histoire des Yncas* (Paris: Prault, 1744) 2: 59, where it is part of a long passage attributed to Piedro Cieça de Leon.]

I

Aza! mon cher Aza! les cris de ta* tendre Zilia, tels
qu'une vapeur du matin, s'exhalent et sont dissipés avant
d'arriver jusqu'à toi; en vain je t'appelle à mon secours;
en vain j'attends que tu viennes briser les chaînes de
mon esclavage: hélas! peut-être les malheurs que j'ignore
sont-ils les plus affreux! peut-être tes maux surpassent-ils
les miens!

La ville du Soleil, livrée à la fureur d'une nation barbare, devrait faire couler mes larmes; et ma douleur, mes
craintes, mon désespoir ne sont que pour toi.

Qu'as-tu fait dans ce tumulte affreux, chère âme de ma
vie? Ton courage t'a-t-il été funeste ou inutile? Cruelle
alternative! mortelle inquiétude! ô, mon cher Aza! que
tes jours soient sauvés, et que je succombe, s'il le faut,
sous les maux qui m'accablent!

Depuis le moment terrible (qui aurait dû être arraché
de la chaîne du temps, et replongé dans les idées éternel-
les) depuis le moment d'horreur où ces sauvages impies
m'ont enlevée au culte du Soleil, à moi-même, à ton
amour; retenue dans une étroite captivité, privée de toute
communication avec nos citoyens, ignorant la langue de
ces hommes féroces dont je porte les fers, je n'éprouve
que les effets du malheur, sans pouvoir en découvrir la

---

*[Aza is the only character in the novel with whom Zilia uses the
informal second-person *tu* and its corresponding forms.]

cause. Plongée dans un abîme d'obscurité, mes jours sont semblables aux nuits les plus effrayantes.

Loin d'être touchés de mes plaintes, mes ravisseurs ne le sont pas même de mes larmes; sourds à mon langage, ils n'entendent pas mieux les cris de mon désespoir.

Quel est le peuple assez féroce pour n'être point ému aux signes de la douleur? Quel désert aride a vu naître des humains insensibles à la voix de la nature gémissante? Les barbares maîtres d'*Yalpor*,[10] fiers de la puissance d'exterminer! la cruauté est le seul guide de leurs actions. Aza! comment échapperas-tu à leur fureur? où es-tu? que fais-tu? si ma vie t'est chère, instruis-moi de ta destinée.

Hélas! que la mienne est changée! comment se peut-il que des jours si semblables entre eux aient par rapport à nous de si funestes différences? Le temps s'écoule, les ténèbres succèdent à la lumière; aucun dérangement ne s'aperçoit dans la nature; et moi, du suprême bonheur, je suis tombée dans l'horreur du désespoir, sans qu'aucun intervalle m'ait préparée à cet affreux passage.

Tu le sais, ô délices de mon cœur! ce jour horrible, ce jour à jamais épouvantable, devait éclairer le triomphe de notre union. A peine commençait-il à paraître, qu'impatiente d'exécuter un projet que ma tendresse m'avait inspiré pendant la nuit, je courus à mes *quipos*,[11] et profi-

---

[10] Nom du tonnerre.

[11] Un grand nombre de petits cordons de différentes couleurs dont les Indiens se servaient au défaut de l'écriture pour faire le paiement

tant du silence qui régnait encore dans le temple, je me hâtai de les nouer, dans l'espérance qu'avec leur secours je rendrais immortelle l'histoire de notre amour et de notre bonheur.

A mesure que je travaillais, l'entreprise me paraissait moins difficile; de moment en moment cet amas innombrable de cordons devenait sous mes doigts une peinture fidèle de nos actions et de nos sentiments, comme il était autrefois l'interprète de nos pensées, pendant les longs intervalles que nous passions sans nous voir.

Tout entière à mon occupation, j'oubliais le temps, lorsqu'un bruit confus réveilla mes esprits et fit tressaillir mon cœur.

Je crus que le moment heureux était arrivé, et que les cent portes[12] s'ouvraient pour laisser un libre passage au Soleil de mes jours; je cachai précipitamment mes *quipos* sous un pan de ma robe, et je courus au-devant de tes pas.

Mais quel horrible spectacle s'offrit à mes yeux! Jamais son souvenir affreux ne s'effacera de ma mémoire.

Les pavés du temple ensanglantés, l'image du Soleil foulée aux pieds, des soldats furieux poursuivant nos Vierges éperdues et massacrant tout ce qui s'opposait à

---

des troupes et le dénombrement du peuple. Quelques auteurs prétendent qu'ils s'en servaient aussi pour transmettre à la postérité les actions mémorables de leurs Incas.

[12]Dans le temple du Soleil il y avait cent portes; l'*Inca* seul avait le pouvoir de les faire ouvrir.

leur passage; nos *Mamas*[13] expirantes sous leurs coups, et dont les habits brûlaient encore du feu de leur tonnerre; les gémissements de l'épouvante, les cris de la fureur répandant de toutes parts l'horreur et l'effroi, m'ôtèrent jusqu'au sentiment.

Revenue à moi-même, je me trouvai, par un mouvement naturel et presque involontaire, rangée derrière l'autel que je tenais embrassé. Là immobile de saisissement, je voyais passer ces barbares; la crainte d'être aperçue arrêtait jusqu'à ma respiration.

Cependant je remarquai qu'ils ralentissaient les effets de leur cruauté à la vue des ornements précieux répandus dans le temple; qu'ils se saisissaient de ceux dont l'éclat les frappait davantage; et qu'ils arrachaient jusqu'aux lames d'or dont les murs étaient revêtus. Je jugeai que le larcin était le motif de leur barbarie, et que ne m'y opposant point, je pourrais échapper à leurs coups. Je formai le dessein de sortir du temple, de me faire conduire à ton palais, de demander au *Capa Inca*[14] du secours et un asile pour mes compagnes et pour moi; mais aux premiers mouvements que je fis pour m'éloigner, je me sentis arrêter: ô, mon cher Aza, j'en frémis encore! ces impies osèrent porter leurs mains sacrilèges sur la fille du Soleil.

Arrachée de la demeure sacrée, traînée ignominieusement hors du temple, j'ai vu pour la première fois le seuil

---

[13]Espèce de gouvernantes des Vierges du Soleil.
[14]Nom générique des Incas régnants.

de la porte céleste que je ne devais passer qu'avec les ornements de la royauté;[15] au lieu des fleurs que l'on aurait
semées sur mes pas, j'ai vu les chemins couverts de sang
et de mourants; au lieu des honneurs du trône que je
devais partager avec toi, esclave de la tyrannie, enfermée
dans une obscure prison, la place que j'occupe dans l'univers est bornée à l'étendue de mon être. Une natte baignée
de mes pleurs reçoit mon corps fatigué par les tourments
de mon âme; mais, cher soutien de ma vie, que tant de
maux me seront légers, si j'apprends que tu respires!

Au milieu de cet horrible bouleversement, je ne sais par
quel heureux hasard j'ai conservé mes *quipos*. Je les possède, mon cher Aza! C'est aujourd'hui le seul trésor de
mon cœur, puisqu'il servira d'interprète à ton amour
comme au mien; les mêmes nœuds qui t'apprendront
mon existence, en changeant de forme entre tes mains,
m'instruiront de ton sort. Hélas! par quelle voie pourrai-
je les faire passer jusqu'à toi? Par quelle adresse pourront-
ils m'être rendus? Je l'ignore encore; mais le même
sentiment qui nous fit inventer leur usage nous suggérera
les moyens de tromper nos tyrans. Quel que soit le *Chaqui*[16]
fidèle qui te portera ce précieux dépôt, je ne cesserai
d'envier son bonheur. Il te verra, mon cher Aza; je donnerais tous les jours que le Soleil me destine, pour jouir

---

[15]Les Vierges consacrées au Soleil entraient dans le temple presque
en naissant, et n'en sortaient que le jour de leur mariage.
[16]Messager.

un seul moment de ta présence. Il te verra, mon cher Aza!
Le son de ta voix frappera son âme de respect et de crainte.
Il porterait dans la mienne la joie et le bonheur. Il te verra
certain de ta vie: il la bénira en ta présence; tandis qu'abandonnée à l'incertitude, l'impatience de son retour dessé-
chera mon sang dans mes veines. O mon cher Aza! tous
les tourments des âmes tendres sont rassemblés dans mon
cœur: un moment de ta vue les dissiperait; je donnerais
ma vie pour en jouir.

II

Que l'arbre de la vertu, mon cher Aza, répande à jamais
son ombre sur la famille du pieux citoyen qui a reçu sous
ma fenêtre le mystérieux tissu de mes pensées, et qui
l'a remis dans tes mains! Que *Pachacamac*[17] prolonge ses
années en récompense de son adresse à faire passer
jusqu'à moi les plaisirs divins avec ta réponse!

Les trésors de l'Amour me sont ouverts; j'y puise une
joie délicieuse dont mon âme s'enivre. En dénouant les
secrets de ton cœur, le mien se baigne dans une mer par-
fumée. Tu vis, et les chaînes qui devaient nous unir ne
sont pas rompues! Tant de bonheur était l'objet de mes
désirs, et non celui de mes espérances.

Dans l'abandon de moi-même, je ne craignais que pour
tes jours; ils sont en sûreté, je ne vois plus le malheur. Tu

---

[17]Le Dieu créateur, plus puissant que le Soleil.

m'aimes, le plaisir anéanti renaît dans mon cœur. Je goûte avec transport la délicieuse confiance de plaire à ce que j'aime; mais elle ne me fait point oublier que je te dois tout ce que tu daignes approuver en moi. Ainsi que la rose tire sa brillante couleur des rayons du Soleil, de même les charmes que tu trouves dans mon esprit et dans mes sentiments ne sont que les bienfaits de ton génie lumineux; rien n'est à moi que ma tendresse.

Si tu étais un homme ordinaire, je serais restée dans l'ignorance à laquelle mon sexe est condamné; mais ton âme, supérieure aux coutumes, ne les a regardées que comme des abus; tu en as franchi les barrières pour m'élever jusqu'à toi. Tu n'as pu souffrir qu'un être semblable au tien fût borné à l'humiliant avantage de donner la vie à ta postérité. Tu as voulu que nos divins *Amautas*[18] ornassent mon entendement de leurs sublimes connaissances. Mais, ô lumière de ma vie, sans le désir de te plaire, aurais-je pu me résoudre à abandonner ma tranquille ignorance pour la pénible occupation de l'étude? Sans le désir de mériter ton estime, ta confiance, ton respect, par des vertus qui fortifient l'amour, et que l'amour rend voluptueuses, je ne serais que l'objet de tes yeux; l'absence m'aurait déjà effacée de ton souvenir.

Hélas! si tu m'aimes encore pourquoi suis-je dans l'esclavage? En jetant mes regards sur les murs de ma

[18]Philosophes indiens.

23

prison, ma joie disparaît, l'horreur me saisit, et mes craintes se renouvellent. On ne t'a point ravi la liberté, tu ne viens pas à mon secours; tu es instruit de mon sort, il n'est pas changé. Non, mon cher Aza, ces peuples féroces, que tu nommes Espagnols, ne te laissent pas aussi libre que tu crois l'être. Je vois autant de signes d'esclavage dans les honneurs qu'ils te rendent que dans la captivité où ils me retiennent.

Ta bonté te séduit; tu crois sincères les promesses que ces barbares te font faire par leur interprète, parce que tes paroles sont inviolables; mais moi qui n'entends pas leur langage, moi qu'ils ne trouvent pas digne d'être trompée, je vois leurs actions.

Tes sujets les prennent pour des Dieux, ils se rangent de leur parti: ô mon cher Aza! malheur au peuple que la crainte détermine! Sauve-toi de cette erreur, défie-toi de la fausse bonté de ces étrangers. Abandonne ton empire, puisque *Viracocha* en a prédit la destruction. Achète ta vie et ta liberté au prix de ta puissance, de ta grandeur, de tes trésors: il ne te restera que les dons de la nature. Nos jours seront en sûreté.

Riches de la possession de nos cœurs, grands par nos vertus, puissants par notre modération, nous irons dans une cabane jouir du ciel, de la terre et de notre tendresse. Tu seras plus roi en régnant sur mon âme, qu'en doutant de l'affection d'un peuple innombrable: ma soumission à tes volontés te fera jouir sans tyrannie du beau droit de commander. En t'obéissant je ferai retentir ton empire de mes chants d'allégresse; ton diadème[19] sera toujours l'ouvrage de mes mains; tu ne perdras de ta royauté que les soins et les fatigues.

Combien de fois, chère âme de ma vie, tu t'es plaint des devoirs de ton rang! Combien les cérémonies, dont tes visites étaient accompagnées, t'ont-elles fait envier le sort de tes sujets! Tu n'aurais voulu vivre que pour moi, craindrais-tu à présent de perdre tant de contraintes? Ne suis-je plus cette Zilia que tu aurais préférée à ton empire? Non, je ne puis le croire, mon cœur n'est point changé, pourquoi le tien le serait-il?

J'aime, je vois toujours le même Aza qui régna dans mon âme au premier moment de sa vue; je me rappelle ce jour fortuné, où ton père, mon souverain seigneur, te fit partager, pour la première fois, le pouvoir réservé à lui seul d'entrer dans l'intérieur du temple;[20] je me représente le spectacle agréable de nos Vierges rassemblées, dont la beauté recevait un nouveau lustre par l'ordre charmant dans lequel elles étaient rangées, telles que dans un jardin les plus brillantes fleurs tirent un nouvel éclat de la symétrie de leurs compartiments.

Tu parus au milieu de nous comme un Soleil levant dont la tendre lumière prépare la sérénité d'un beau jour;

---

[19]Le diadème des Incas était une espèce de frange: c'était l'ouvrage des Vierges du Soleil.
[20]L'Inca régnant avait seul le droit d'entrer dans le temple du Soleil.

le feu de tes yeux répandait sur nos joues le coloris de la modestie, un embarras ingénu tenait nos regards captifs; une joie brillante éclatait dans les tiens; tu n'avais jamais rencontré tant de beautés ensemble. Nous n'avions jamais vu que le *Capa-Inca*: l'étonnement et le silence régnaient de toutes parts. Je ne sais quelles étaient les pensées de mes compagnes; mais de quels sentiments mon cœur ne fut-il point assailli! Pour la première fois j'éprouvai du trouble, de l'inquiétude, et cependant du plaisir. Confuse des agitations de mon âme, j'allais me dérober à ta vue; mais tu tournas tes pas vers moi, le respect me retint.

O mon cher Aza, le souvenir de ce premier moment de mon bonheur me sera toujours cher! Le son de ta voix, ainsi que le chant mélodieux de nos hymnes, porta dans mes veines le doux frémissement et le saint respect que nous inspire la présence de la Divinité.

Tremblante, interdite, la timidité m'avait ravi jusqu'à l'usage de la voix; enhardie enfin par la douceur de tes paroles, j'osai élever mes regards jusqu'à toi, je rencontrai les tiens. Non, la mort même n'effacera pas de ma mémoire les tendres mouvements de nos âmes qui se rencontrèrent, et se confondirent dans un instant.

Si nous pouvions douter de notre origine, mon cher Aza, ce trait de lumière confondrait notre incertitude. Quel autre que le principe du feu aurait pu nous transmettre cette vive intelligence des cœurs, communiquée, répandue et sentie avec une rapidité inexplicable?

J'étais trop ignorante sur les effets de l'amour pour ne pas m'y tromper. L'imagination remplie de la sublime théologie de nos *Cucipatas*,[21] je pris le feu qui m'animait pour une agitation divine, je crus que le Soleil me manifestait sa volonté par ton organe, qu'il me choisissait pour son épouse d'élite:[22] j'en soupirai, mais après ton départ, j'examinai mon cœur, et je n'y trouvai que ton image.

Quel changement, mon cher Aza, ta présence avait fait sur moi! tous les objets me parurent nouveaux; je crus voir mes compagnes pour la première fois. Qu'elles me parurent belles! je ne pus soutenir leur présence; retirée à l'écart, je me livrais au trouble de mon âme, lorsqu'une d'entre elles vint me tirer de ma rêverie, en me donnant de nouveaux sujets de m'y livrer. Elle m'apprit qu'étant ta plus proche parente, j'étais destinée à être ton épouse dès que mon âge permettrait cette union.

J'ignorais les lois de ton empire;[23] mais depuis que je t'avais vu, mon cœur était trop éclairé pour ne pas saisir l'idée du bonheur d'être à toi. Cependant, loin d'en connaître toute l'étendue, accoutumée au nom sacré d'épouse du Soleil, je bornais mon espérance à te voir tous les jours, à t'adorer, à t'offrir des vœux comme à lui.

---

[21]Prêtres du Soleil.

[22]Il y avait une Vierge choisie pour le Soleil, qui ne devait jamais être mariée.

[23]Les lois des Indiens obligeaient les Incas d'épouser leurs sœurs, et quand ils n'en avaient point, de prendre pour femme la première princesse du sang des Incas, qui était Vierge du Soleil.

C'est toi, mon cher Aza, c'est toi qui dans la suite comblas mon âme de délices en m'apprenant que l'auguste rang de ton épouse m'associerait à ton cœur, à ton trône, à ta gloire, à tes vertus; que je jouirais sans cesse de ces entretiens si rares et si courts au gré de nos désirs, de ces entretiens qui ornaient mon esprit des perfections de ton âme, et qui ajoutaient à mon bonheur la délicieuse espérance de faire un jour le tien.

O mon cher Aza, combien ton impatience contre mon extrême jeunesse, qui retardait notre union, était flatteuse pour mon cœur! combien les deux années qui se sont écoulées t'ont paru longues, et cependant que leur durée a été courte! Hélas, le moment fortuné était arrivé. Quelle fatalité l'a rendu si funeste? quel Dieu poursuit ainsi l'innocence et la vertu? Ou quelle puissance infernale nous a séparés de nous-mêmes? L'horreur me saisit, mon cœur se déchire, mes larmes inondent mon ouvrage. Aza! mon cher Aza! . . .

III

C'est toi, chère lumière de mes jours, c'est toi qui me rappelles à la vie; voudrais-je la conserver, si je n'étais assurée que la mort aurait moissonné d'un seul coup tes jours et les miens! Je touchais au moment où l'étincelle du feu divin dont le Soleil anime notre être allait s'éteindre: la nature laborieuse se préparait déjà à donner une autre forme à la portion de matière qui lui appartient en moi; je mourais: tu perdais pour jamais la moitié de toi-même, lorsque mon amour m'a rendu la vie, et je t'en fais un sacrifice. Mais comment pourrais-je t'instruire des choses surprenantes qui me sont arrivées? Comment me rappeler des idées déjà confuses au moment où je les ai reçues, et que le temps qui s'est écoulé depuis rend encore moins intelligibles?

A peine, mon cher Aza, avais-je confié à notre fidèle *Chaqui* le dernier tissu de mes pensées, que j'entendis un grand mouvement dans notre habitation: vers le milieu de la nuit, deux de mes ravisseurs vinrent m'enlever de ma sombre retraite, avec autant de violence qu'ils en avaient employé à m'arracher du temple du Soleil.

Je ne sais par quel chemin on me conduisit; on ne marchait que la nuit, et le jour on s'arrêtait dans des déserts arides, sans chercher aucune retraite. Bientôt succombant à la fatigue, on me fit porter par je ne sais quels *Hamas*, dont les mouvements me fatiguaient presque autant que si j'eusse marché moi-même. Enfin, arrivés apparemment où l'on voulait aller, une nuit ces barbares me portèrent sur leurs bras dans une maison dont les approches, malgré l'obscurité, me parurent extrêmement difficiles. Je fus placée dans un lieu plus étroit et plus incommode que n'avait jamais été ma première prison. Mais, mon cher Aza! pourrais-je te persuader ce que je ne comprends pas moi-même, si tu n'étais assuré que le mensonge n'a jamais souillé les lèvres d'un enfant du

Soleil![24] Cette maison, que j'ai jugée être fort grande, par la quantité de monde qu'elle contenait; cette maison, comme suspendue, et ne tenant point à la terre, était dans un balancement continuel.

Il faudrait, ô lumière de mon esprit, que *Ticaiviracocha* eût comblé mon âme comme la tienne de sa divine science, pour pouvoir comprendre ce prodige. Toute la connaissance que j'en ai, est que cette demeure n'a pas été construite par un être ami des hommes: car, quelques moments après que j'y fus entrée, son mouvement continuel, joint à une odeur malfaisante, me causa un mal si violent, que je suis étonnée de n'y avoir pas succombé: ce n'était que le commencement de mes peines.

Un temps assez long s'était écoulé, je ne souffrais presque plus, lorsqu'un matin je fus arrachée au sommeil par un bruit plus affreux que celui d'*Yalpor*: notre habitation en recevait des ébranlements tels que la terre en éprouvera lorsque la lune, en tombant, réduira l'univers en poussière.[25] Des cris, qui se joignirent à ce fracas, le rendaient encore plus épouvantable; mes sens, saisis d'une horreur secrète, ne portaient à mon âme que l'idée de la destruction de la nature entière. Je croyais le péril universel; je tremblais pour tes jours: ma frayeur s'accrut enfin jusqu'au dernier excès à la vue d'une troupe d'hommes en fureur,

---

[24]Il passait pour constant qu'un Péruvien n'avait jamais menti.

[25]Les Indiens croyaient que la fin du monde arriverait par la lune, qui se laisserait tomber sur la terre.

le visage et les habits ensanglantés, qui se jetèrent en tumulte dans ma chambre. Je ne soutins pas cet horrible spectacle, la force et la connaissance m'abandonnèrent: j'ignore encore la suite de ce terrible événement. Revenue à moi-même, je me trouvai dans un lit assez propre, entourée de plusieurs sauvages qui n'étaient plus les cruels Espagnols, mais qui ne m'étaient pas moins inconnus.

Peux-tu te représenter ma surprise en me trouvant dans une demeure nouvelle, parmi des hommes nouveaux, sans pouvoir comprendre comment ce changement avait pu se faire? Je refermai promptement les yeux, afin que plus recueillie en moi-même, je pusse m'assurer si je vivais, ou si mon âme n'avait point abandonné mon corps pour passer dans les régions inconnues.[26]

Te l'avouerai-je, chère idole de mon cœur: fatiguée d'une vie odieuse, rebutée de souffrir des tourments de toute espèce, accablée sous le poids de mon horrible destinée, je regardai avec indifférence la fin de ma vie que je sentais approcher: je refusai constamment tous les secours que l'on m'offrait; en peu de jours je touchai au terme fatal, et j'y touchai sans regret.

L'épuisement des forces anéantit le sentiment; déjà mon imagination affaiblie ne recevait plus d'images que comme un léger dessin tracé par une main tremblante; déjà les objets qui m'avaient le plus affectée n'excitaient

---

[26]Les Indiens croyaient qu'après la mort l'âme allait dans des lieux inconnus pour y être récompensée ou punie selon son mérite.

31

en moi que cette sensation vague, que nous éprouvons en nous laissant aller à une rêverie indéterminée; je n'étais presque plus. Cet état, mon cher Aza, n'est pas si fâcheux que l'on croit: de loin il nous effraye, parce que nous y pensons de toutes nos forces; quand il est arrivé, affaiblis par les gradations des douleurs qui nous y conduisent, le moment décisif ne paraît que celui du repos. Cependant j'éprouvai que le penchant naturel qui nous porte durant la vie à pénétrer dans l'avenir, et même dans celui qui ne sera plus pour nous, semble reprendre de nouvelles forces au moment de la perdre. On cesse de vivre pour soi; on veut savoir comment on vivra dans ce qu'on aime. Ce fut dans un de ces délires de mon âme que je me crus transportée dans l'intérieur de ton palais; j'y arrivais dans le moment où l'on venait de t'apprendre ma mort. Mon imagination me peignit si vivement ce qui devait se passer, que la vérité même n'aurait pas eu plus de pouvoir: je te vis, mon cher Aza, pâle, défiguré, privé de sentiment, tel qu'un lys desséché par la brûlante ardeur du Midi. L'amour est-il donc quelquefois barbare? Je jouissais de ta douleur, je l'excitais par de tristes adieux; je trouvais de la douceur, peut-être du plaisir à répandre sur tes jours le poison des regrets; et ce même amour qui me rendait féroce déchirait mon cœur par l'horreur de tes peines. Enfin, réveillée comme d'un profond sommeil, pénétrée de ta propre douleur, tremblante pour ta vie, je demandai des secours, je revis la lumière.

Te reverrai-je, toi, cher arbitre de mon existence?
Hélas! qui pourra m'en assurer? Je ne sais plus où je suis;
peut-être est-ce loin de toi. Mais dussions-nous être séparés par les espaces immenses qu'habitent les enfants du
Soleil, le nuage léger de mes pensées volera sans cesse
autour de toi.

IV

Quel que soit l'amour de la vie, mon cher Aza, les peines
le diminuent, le désespoir l'éteint. Le mépris que la nature
semble faire de notre être, en l'abandonnant à la douleur,
nous révolte d'abord; ensuite l'impossibilité de nous en
délivrer nous prouve une insuffisance si humiliante,
qu'elle nous conduit jusqu'au dégoût de nous-mêmes.

Je ne vis plus en moi ni pour moi; chaque instant où je
respire est un sacrifice que je fais à ton amour, et de jour
en jour il devient plus pénible; si le temps apporte quelque soulagement à la violence du mal qui me dévore, il
redouble les souffrances de mon esprit. Loin d'éclaircir
mon sort, il semble le rendre encore plus obscur. Tout ce
qui m'environne m'est inconnu, tout m'est nouveau, tout
intéresse ma curiosité, et rien ne peut la satisfaire. En vain
j'emploie mon attention et mes efforts pour entendre, ou
pour être entendue; l'un et l'autre me sont également
impossibles. Fatiguée de tant de peines inutiles, je crus en
tarir la source, en dérobant à mes yeux l'impression qu'ils
recevaient des objets: je m'obstinai quelque temps à les

tenir fermés; efforts infructueux! les ténèbres volontaires auxquelles je m'étais condamnée ne soulageaient que ma modestie toujours blessée de la vue de ces hommes, dont les services et les secours sont autant de supplices; mais mon âme n'en était pas moins agitée. Renfermée en moi-même, mes inquiétudes n'en étaient que plus vives, et le désir de les exprimer plus violent. L'impossibilité de me faire entendre répand encore jusque sur mes organes un tourment non moins insupportable que des douleurs qui auraient une réalité plus apparente. Que cette situation est cruelle!

Hélas! je croyais déjà entendre quelques mots des sauvages espagnols; j'y trouvais des rapports avec notre auguste langage; je me flattais qu'en peu de temps je pourrais m'expliquer avec eux: loin de trouver le même avantage avec mes nouveaux tyrans, ils s'expriment avec tant de rapidité, que je ne distingue pas même les inflexions de leur voix. Tout me fait juger qu'ils ne sont pas de la même nation; et à la différence de leurs manières, et de leur caractère apparent, on devine sans peine que *Pachacamac* leur a distribué dans une grande disproportion les éléments dont il a formé les humains. L'air grave et farouche des premiers fait voir qu'ils sont composés de la matière des plus durs métaux, ceux-ci semblent s'être échappés des mains du Créateur au moment où il n'avait encore assemblé pour leur forma-tion que l'air et le feu: les yeux fiers, la mine sombre et tranquille de ceux-là, montraient assez qu'ils étaient cruels de sang-froid; l'inhumanité de leurs actions ne l'a que trop prouvé. Le visage riant de ceux-ci, la douceur de leur regard, un certain empressement répandu sur leurs actions, et qui paraît être de la bienveillance, prévient en leur faveur; mais je remarque des contradictions dans leur conduite qui suspendent mon jugement.

Deux de ces sauvages ne quittent presque pas le chevet de mon lit: l'un, que j'ai jugé être le *Cacique*[27] à son air de grandeur, me rend, je crois, à sa façon, beaucoup de respect; l'autre me donne une partie des secours qu'exige ma maladie; mais sa bonté est dure, ses secours sont cruels, et sa familiarité impérieuse.

Dès le premier moment où, revenue de ma faiblesse, je me trouvai en leur puissance, celui-ci, car je l'ai bien remarqué, plus hardi que les autres, voulut prendre ma main, que je retirai avec une confusion inexprimable; il parut surpris de ma résistance, et sans aucun égard pour la modestie, il la reprit à l'instant: faible, mourante, et ne prononçant que des paroles qui n'étaient point entendues, pouvais-je l'en empêcher? Il la garda, mon cher Aza, tout autant qu'il voulut, et depuis ce temps il faut que je la lui donne moi-même plusieurs fois par jour, si je veux éviter des débats qui tournent toujours à mon désavantage.

---

[27]*Cacique* est une espèce de gouverneur de province.

Cette espèce de cérémonie[28] me paraît une superstition de ces peuples: j'ai cru remarquer que l'on y trouvait des rapports avec mon mal; mais il faut apparemment être de leur nation pour en sentir les effets; car je n'en éprouve que très peu: je souffre toujours d'un feu intérieur qui me consume; à peine me reste-t-il assez de force pour nouer mes *quipos*. J'emploie à cette occupation autant de temps que ma faiblesse peut me le permettre: ces nœuds qui frappent mes sens, semblent donner plus de réalité à mes pensées; la sorte de ressemblance que je m'imagine qu'ils ont avec les paroles, me fait une illusion qui trompe ma douleur: je crois te parler, te dire que je t'aime, t'assurer de mes vœux, de ma tendresse; cette douce erreur est mon bien et ma vie. Si l'excès d'accablement m'oblige d'interrompre mon ouvrage, je gémis de ton absence; ainsi, tout entière à ma tendresse, il n'y a pas un de mes moments qui ne t'appartienne.

Hélas! quel autre usage pourrais-je en faire? O mon cher Aza! quand tu ne serais pas le maître de mon âme, quand les chaînes de l'amour ne m'attacheraient pas inséparablement à toi, plongée dans un abîme d'obscurité, pourrais-je détourner mes pensées de la lumière de ma vie? Tu es le Soleil de mes jours, tu les éclaires, tu les prolonges, ils sont à toi. Tu me chéris, je consens à vivre. Que feras-tu pour moi? tu m'aimeras, je suis récompensée.

---

[28]Les Indiens n'avaient aucune connaissance de la médecine.

V

Que j'ai souffert, mon cher Aza, depuis les derniers nœuds que je t'ai consacrés! La privation de mes *quipos* manquait au comble de mes peines; dès que mes officieux persécuteurs se sont aperçus que ce travail augmentait mon accablement, ils m'en ont ôté l'usage.

On m'a enfin rendu le trésor de ma tendresse, mais je l'ai acheté par bien des larmes. Il ne me reste que cette expression de mes sentiments; il ne me reste que la triste consolation de te peindre mes douleurs, pouvais-je la perdre sans désespoir?

Mon étrange destinée m'a ravi jusqu'à la douceur que trouvent les malheureux à parler de leurs peines: on croit être plaint quand on est écouté, une partie de notre chagrin passe sur le visage de ceux qui nous écoutent; quel qu'en soit le motif, il semble nous soulager. Je ne puis me faire entendre, et la gaieté m'environne.

Je ne puis même jouir paisiblement de la nouvelle espèce de désert où me réduit l'impuissance de communiquer mes pensées. Entourée d'objets importuns, leurs regards attentifs troublent la solitude de mon âme, contraignent les attitudes de mon corps, et portent la gêne jusque dans mes pensées: il m'arrive souvent d'oublier cette heureuse liberté que la nature nous a donnée de rendre nos sentiments impénétrables, et je crains quelquefois que ces sauvages curieux ne devinent les réflexions désavantageuses que m'inspire la bizarrerie de leur conduite, je me fais une étude gênante d'arranger mes pensées comme s'ils pouvaient les pénétrer malgré moi. Un moment détruit l'opinion qu'un autre moment m'avait donnée de leur caractère et de leur façon de penser à mon égard. Sans compter un nombre infini de petites contradictions, ils me refusent, mon cher Aza, jusqu'aux aliments nécessaires au soutien de la vie, jusqu'à la liberté de choisir la place où je veux être: ils me retiennent par une espèce de violence dans ce lit, qui m'est devenu insupportable: je dois donc croire qu'ils me regardent comme leur esclave, et que leur pouvoir est tyrannique.

D'un autre côté, si je réfléchis sur l'envie extrême qu'ils témoignent de conserver mes jours, sur le respect dont ils accompagnent les services qu'ils me rendent, je suis tentée de penser qu'ils me prennent pour un être d'une espèce supérieure à l'humanité.

Aucun d'eux ne paraît devant moi sans courber son corps plus ou moins, comme nous avons coutume de faire en adorant le Soleil. Le *Cacique* semble vouloir imiter le cérémonial des Incas au jour du *Raymi*.[29] Il se met sur ses genoux fort près de mon lit, il reste un temps considérable dans cette posture gênante: tantôt il garde le silence, et les yeux baissés, il semble rêver profondément: je vois sur son

---

[29]Le *Raymi*, principale fête du Soleil: l'Inca et les prêtres l'adoraient à genoux.

visage cet embarras respectueux que nous inspire *le grand Nom*[30] prononcé à haute voix. S'il trouve l'occasion de saisir ma main, il y porte sa bouche avec la même vénération que nous avons pour le sacré diadème.[31] Quelquefois il prononce un grand nombre de mots qui ne ressemblent point au langage ordinaire de sa nation. Le son en est plus doux, plus distinct, plus mesuré; il y joint cet air touché qui précède les larmes, ces soupirs qui expriment les besoins de l'âme, ces accents qui sont presque des plaintes; enfin tout ce qui accompagne le désir d'obtenir des grâces. Hélas! mon cher Aza, s'il me connaissait bien, s'il n'était pas dans quelque erreur sur mon être, quelle prière aurait-il à me faire?

Cette nation ne serait-elle point idolâtre? Je n'ai encore vu faire aucune adoration au Soleil; peut-être prennent-ils les femmes pour l'objet de leur culte. Avant que le Grand *Manco-Capac*[32] eût apporté sur la terre les volontés du Soleil, nos ancêtres divinisaient tout ce qui les frappait de crainte ou de plaisir: peut-être ces sauvages n'éprouvent-ils ces deux sentiments que pour les femmes.

---

[30]Le grand Nom était *Pachacamac*, on ne le prononçait que rarement, et avec beaucoup de signes d'adoration.

[31]On baisait le diadème de *Manco-Capac*, comme nous baisons les reliques de nos saints.

[32]Premier législateur des Indiens. Voyez l'*Histoire des Incas* [El Inca Garcilaso de la Vega, *Royal Commentaries of the Incas and General History of Peru*, trans. and introd. Harold V. Livermore, foreword by Arnold J. Toynbee (Austin: U of Texas P, 1966) 45–46].

Mais, s'ils m'adoraient, ajouteraient-ils à mes malheurs l'affreuse contrainte où ils me retiennent? Non, ils chercheraient à me plaire, ils obéiraient aux signes de mes volontés; je serais libre, je sortirais de cette odieuse demeure; j'irais chercher le maître de mon âme; un seul de ses regards effacerait le souvenir de tant d'infortunes.

VI

Quelle horrible surprise, mon cher Aza! Que nos malheurs sont augmentés! Que nous sommes à plaindre! Nos maux sont sans remède: il ne me reste qu'à te l'apprendre et à mourir.

On m'a enfin permis de me lever, j'ai profité avec empressement de cette liberté; je me suis traînée à une petite fenêtre qui depuis longtemps était l'objet de mes désirs curieux; je l'ai ouverte avec précipitation: Qu'ai-je vu! Cher amour de ma vie! Je ne trouverai point d'expressions pour te peindre l'excès de mon étonnement, et le mortel désespoir qui m'a saisie en ne découvrant autour de moi que ce terrible élément dont la vue seule fait frémir.

Mon premier coup d'œil ne m'a que trop éclairée sur le mouvement incommode de notre demeure. Je suis dans une de ces maisons flottantes dont les Espagnols se sont servis pour atteindre jusqu'à nos malheureuses contrées, et dont on ne m'avait fait qu'une description très imparfaite.

Conçois-tu, cher Aza, quelles idées funestes sont entrées dans mon âme avec cette affreuse connaissance? Je suis certaine que l'on m'éloigne de toi; je ne respire plus le même air, je n'habite plus le même élément: tu ignoreras toujours où je suis, si je t'aime, si j'existe; la destruction de mon être ne paraîtra pas même un événement assez considérable pour être porté jusqu'à toi. Cher arbitre de mes jours, de quel prix te peut être désormais ma vie infortunée? Souffre que je rende à la Divinité un bienfait insupportable dont je ne veux plus jouir; je ne te verrai plus, je ne veux plus vivre.

Je perds ce que j'aime, l'univers est anéanti pour moi; il n'est plus qu'un vaste désert que je remplis des cris de mon amour; entends-les, cher objet de ma tendresse; sois-en touché; permets que je meure . . .

Quelle erreur me séduit! Non, mon cher Aza, non, ce n'est pas toi qui m'ordonnes de vivre, c'est la timide nature qui, en frémissant d'horreur, emprunte ta voix plus puissante que la sienne pour retarder une fin toujours redoutable pour elle; mais, c'en est fait, le moyen le plus prompt me délivrera de ses regrets . . .

Que la mer abîme à jamais dans ses flots ma tendresse malheureuse, ma vie et mon désespoir.

Reçois, trop malheureux Aza, reçois les derniers sentiments de mon cœur, il n'a reçu que ton image, il ne voulait vivre que pour toi, il meurt rempli de ton amour. Je

t'aime, je le pense, je le sens encore, je le dis pour la dernière fois . . .

VII

Aza, tu n'as pas tout perdu; tu règnes encore sur un cœur;
je respire. La vigilance de mes surveillants a rompu mon
funeste dessein, il ne me reste que la honte d'en avoir
tenté l'exécution. Je ne t'apprendrai point les circonstances d'un projet aussitôt détruit que formé. Oserais-je
jamais lever les yeux jusqu'à toi, si tu avais été témoin de
mon emportement?

Ma raison, anéantie par le désespoir, ne m'était plus
d'aucun secours; ma vie ne me paraissait d'aucun prix,
j'avais oublié ton amour.

Que le sang-froid est cruel après la fureur! que les
points de vue sont différents sur les mêmes objets! Dans
l'horreur du désespoir on prend la férocité pour du courage, et la crainte des souffrances pour de la fermeté.
Qu'un mot, un regard, une surprise nous rappelle à nous-
mêmes, nous ne trouvons que de la faiblesse pour principe
de notre héroïsme, pour fruit que le repentir, et que le
mépris pour récompense.

La connaissance de ma faute en est la plus sévère punition. Abandonnée à l'amertume des remords, ensevelie
sous le voile de la honte, je me tiens à l'écart; je crains que
mon corps n'occupe trop de place: je voudrais le dérober
à la lumière; mes pleurs coulent en abondance, ma dou-

leur est calme, nul son ne l'exhale; mais je suis toute à elle. Puis-je trop expier mon crime? Il était contre toi.

En vain depuis deux jours, ces sauvages bienfaisants voudraient me faire partager la joie qui les transporte; je ne fais qu'en soupçonner la cause; mais quand elle me serait plus connue, je ne me trouverais pas digne de me mêler à leurs fêtes. Leurs danses, leurs cris de joie, une liqueur rouge semblable au maïs,[33] dont ils boivent abondamment, leur empressement à contempler le Soleil par tous les endroits d'où ils peuvent l'apercevoir, ne me laisseraient pas douter que cette réjouissance ne se fît en l'honneur de l'astre divin, si la conduite du *Cacique* était conforme à celle des autres.

Mais, loin de prendre part à la joie publique, depuis la faute que j'ai commise, il n'en prend qu'à ma douleur. Son zèle est plus respectueux, ses soins plus assidus, son attention plus pénétrante.

Il a deviné que la présence continuelle des sauvages de sa suite ajoutait la contrainte à mon affliction, il m'a délivrée de leurs regards importuns, je n'ai presque plus que les siens à supporter.

Le croirais-tu, mon cher Aza? il y a des moments où je trouve de la douceur dans ces entretiens muets; le feu de

---

[33]Le *maïs* est une plante dont les Indiens font une boisson forte et salutaire; ils en présentent au Soleil les jours de ses fêtes, et ils en boivent jusqu'à l'ivresse après le sacrifice. Voyez l'*Hist. des Incas*, t. 2, p. 151 [Garcilaso, *Royal Commentaries* 86; see note 32].

ses yeux me rappelle l'image de celui que j'ai vu dans les tiens; j'y trouve des rapports qui séduisent mon cœur. Hélas! que cette illusion est passagère, et que les regrets qui la suivent sont durables! ils ne finiront qu'avec ma vie, puisque je ne vis que pour toi.

VIII

Quand un seul objet réunit toutes nos pensées, mon cher Aza, les événements ne nous intéressent que par les rapports que nous y trouvons avec lui. Si tu n'étais le seul mobile de mon âme, aurais-je passé, comme je viens de faire, de l'horreur du désespoir à l'espérance la plus douce? Le *Cacique* avait déjà essayé plusieurs fois inutilement de me faire approcher de cette fenêtre, que je ne regarde plus sans frémir. Enfin, pressée par de nouvelles instances, je me suis laissé conduire. Ah! mon cher Aza, que j'ai été bien récompensée de ma complaisance!

Par un prodige incompréhensible, en me faisant regarder à travers une espèce de canne percée, il m'a fait voir la terre dans un éloignement où, sans le secours de cette merveilleuse machine, mes yeux n'auraient pu atteindre.

En même temps, il m'a fait entendre par des signes qui commencent à me devenir familiers que nous allons à cette terre, et que sa vue était l'unique objet des réjouissances que j'ai prises pour un sacrifice au Soleil.

J'ai senti d'abord tout l'avantage de cette découverte; l'espérance, comme un trait de lumière, a porté sa clarté jusqu'au fond de mon cœur.

Il est certain que l'on me conduit à cette terre que l'on m'a fait voir; il est évident qu'elle est une portion de ton empire, puisque le Soleil y répand ses rayons bienfaisants.[34] Je ne suis plus dans les fers des cruels Espagnols. Qui pourrait donc m'empêcher de rentrer sous tes lois?

Oui, cher Aza, je vais me réunir à ce que j'aime. Mon amour, ma raison, mes désirs, tout m'en assure. Je vole dans tes bras, un torrent de joie se répand dans mon âme, le passé s'évanouit, mes malheurs sont finis, ils sont oubliés, l'avenir seul m'occupe, c'est mon unique bien.

Aza, mon cher espoir, je ne t'ai pas perdu, je verrai ton visage, tes habits, ton ombre; je t'aimerai, je te le dirai à toi-même, est-il des tourments qu'un tel bonheur n'efface?

IX

Que les jours sont longs quand on les compte, mon cher Aza! le temps ainsi que l'espace n'est connu que par ses limites. Nos idées et notre vue se perdent également par la constante uniformité de l'un et de l'autre: si les objets marquent les bornes de l'espace, il me semble que nos espérances marquent celles du temps; et que, si elles nous abandonnent, ou qu'elles ne soient pas sensiblement

---

[34]Les Indiens ne connaissaient pas notre hémisphère et croyaient que le Soleil n'éclairait que la terre de ses enfants.

marquées, nous n'apercevons pas plus la durée du temps que l'air qui remplit l'espace.

Depuis l'instant fatal de notre séparation, mon âme et mon cœur, également flétris par l'infortune, restaient ensevelis dans cet abandon total, horreur de la nature, image du néant, les jours s'écoulaient sans que j'y prisse garde; aucun espoir ne fixait mon attention sur leur longueur: à présent que l'espérance en marque tous les instants, leur durée me paraît infinie, et je goûte le plaisir, en recouvrant la tranquillité de mon esprit, de recouvrer la facilité de penser.

Depuis que mon imagination est ouverte à la joie, une foule de pensées qui s'y présentent l'occupent jusqu'à la fatiguer. Des projets de plaisir et de bonheur s'y succèdent alternativement; les idées nouvelles y sont reçues avec facilité, celles mêmes dont je ne m'étais point aperçue s'y retracent sans les chercher.

Depuis deux jours, j'entends plusieurs mots de la langue du *Cacique*, que je ne croyais pas savoir. Ce ne sont encore que les noms des objets: ils n'expriment point mes pensées et ne me font point entendre celles des autres; cependant ils me fournissent déjà quelques éclaircissements qui m'étaient nécessaires.

Je sais que le nom du *Cacique* est *Déterville*, celui de notre maison flottante *vaisseau*, et celui de la terre où nous allons, *France*.

Ce dernier m'a d'abord effrayée: je ne me souviens pas d'avoir entendu nommer ainsi aucune contrée de ton royaume; mais faisant réflexion au nombre infini de celles qui le composent, dont les noms me sont échappés, ce mouvement de crainte s'est bientôt évanoui; pouvait-il subsister longtemps avec la solide confiance que me donne sans cesse la vue du Soleil? Non, mon cher Aza, cet astre divin n'éclaire que ses enfants; le seul doute me rendrait criminelle; je vais rentrer sous ton empire, je touche au moment de te voir, je cours à mon bonheur.

Au milieu des transports de ma joie, la reconnaissance me prépare un plaisir délicieux: tu combleras d'honneurs et de richesses le *Cacique*[35] bienfaisant qui nous rendra l'un à l'autre; il portera dans sa province le souvenir de Zilia; la récompense de sa vertu le rendra plus vertueux encore, et son bonheur fera ta gloire.

Rien ne peut se comparer, mon cher Aza, aux bontés qu'il a pour moi: loin de me traiter en esclave, il semble être le mien; j'éprouve à présent autant de complaisances de sa part que j'en éprouvais de contradictions durant ma maladie: occupé de moi, de mes inquiétudes, de mes amusements, il paraît n'avoir plus d'autres soins. Je les reçois avec un peu moins d'embarras depuis qu'éclairée par l'habitude et par la réflexion, je vois que j'étais dans l'erreur sur l'idolâtrie dont je le soupçonnais.

---

[35]Les *Caciques* étaient des gouverneurs de province tributaires des Incas.

Ce n'est pas qu'il ne répète souvent à peu près les mêmes démonstrations que je prenais pour un culte; mais le ton, l'air et la forme qu'il y emploie me persuadent que ce n'est qu'un jeu à l'usage de sa nation.

Il commence par me faire prononcer distinctement des mots de sa langue. Dès que j'ai répété après lui, *oui, je vous aime*, ou bien *je vous promets d'être à vous*, la joie se répand sur son visage, il me baise les mains avec transport, et avec un air de gaieté tout contraire au sérieux qui accompagne le culte divin.

Tranquille sur sa religion, je ne le suis pas entièrement sur le pays d'où il tire son origine. Son langage et ses habillements sont si différents des nôtres, que souvent ma confiance en est ébranlée. De fâcheuses réflexions couvrent quelquefois de nuages ma plus chère espérance: je passe successivement de la crainte à la joie, et de la joie à l'inquiétude.

Fatiguée de la confusion de mes idées, rebutée des incertitudes qui me déchirent, j'avais résolu de ne plus penser; mais comment ralentir le mouvement d'une âme privée de toute communication, qui n'agit que sur elle-même, et que de si grands intérêts excitent à réfléchir? Je ne le puis, mon cher Aza, je cherche des lumières avec une agitation qui me dévore, et je me trouve sans cesse dans la plus profonde obscurité. Je savais que la privation d'un sens peut tromper à quelques égards, et je vois avec surprise que l'usage des miens m'entraîne d'erreurs en erreurs. L'intelligence des langues serait-elle celle de l'âme? O, cher Aza! que mes malheurs me font entrevoir de fâcheuses vérités! mais que ces tristes pensées s'éloignent de moi; nous touchons à la terre. La lumière de mes jours dissipera en un moment les ténèbres qui m'environnent.

X

Je suis enfin arrivée à cette terre, l'objet de mes désirs, mon cher Aza, mais je n'y vois encore rien qui m'annonce le bonheur que je m'en étais promis: tout ce qui s'offre à mes yeux me frappe, me surprend, m'étonne, et ne me laisse qu'une impression vague, une perplexité stupide, dont je ne cherche pas même à me délivrer; mes erreurs répriment mes jugements, je demeure incertaine, je doute presque de ce que je vois.

A peine étions-nous sortis de la maison flottante, que nous sommes entrés dans une ville bâtie sur le rivage de la mer. Le peuple qui nous suivait en foule, me paraît être de la même nation que le *Cacique*, mais les maisons n'ont aucune ressemblance avec celles des villes du Soleil: si celles-là les surpassent en beauté par la richesse de leurs ornements, celles-ci sont fort au-dessus par les prodiges dont elles sont remplies.

En entrant dans la chambre où Déterville m'a logée, mon cœur a tressailli; j'ai vu dans l'enfoncement une jeune personne habillée comme une Vierge du Soleil; j'ai couru à elle les bras ouverts. Quelle surprise, mon cher Aza, quelle surprise extrême, de ne trouver qu'une résistance impénétrable où je voyais une figure humaine se mouvoir dans un espace fort étendu!

L'étonnement me tenait immobile, les yeux attachés sur cette ombre, quand Déterville m'a fait remarquer sa propre figure à côté de celle qui occupait toute mon attention: je le touchais, je lui parlais, et je le voyais en même temps fort près et fort loin de moi.

Ces prodiges troublent la raison, ils offusquent le jugement; que faut-il penser des habitants de ce pays? Faut-il les craindre, faut-il les aimer? Je me garderai bien de rien déterminer là-dessus.

Le *Cacique* m'a fait comprendre que la figure que je voyais était la mienne; mais de quoi cela m'instruit-il? Le prodige en est-il moins grand? Suis-je moins mortifiée de ne trouver dans mon esprit que des erreurs ou des ignorances? Je le vois avec douleur, mon cher Aza: les moins habiles de cette Contrée sont plus savants que tous nos *Amautas*.

Le *Cacique* m'a donné une *China*[36] jeune et fort vive; c'est une grande douceur pour moi que celle de revoir des femmes et d'en être servie: plusieurs autres s'empressent à me rendre des soins, et j'aimerais autant qu'elles ne le fissent pas, leur présence réveille mes craintes. A la

---

[36]Servante ou femme de chambre.

50

façon dont elles me regardent, je vois bien qu'elles n'ont point été à *Cuzco*.[37] Cependant je ne puis encore juger de rien; mon esprit flotte toujours dans une mer d'incertitudes; mon cœur seul, inébranlable, ne désire, n'espère, et n'attend qu'un bonheur sans lequel tout ne peut être que peines.

XI

Quoique j'aie pris tous les soins qui sont en mon pouvoir pour acquérir quelque lumière sur mon sort, mon cher Aza, je n'en suis pas mieux instruite que je l'étais il y a trois jours. Tout ce que j'ai pu remarquer, c'est que les sauvages de cette contrée paraissent aussi bons, aussi humains que le *Cacique*; ils chantent et dansent comme s'ils avaient tous les jours des terres à cultiver.[38] Si je m'en rapportais à l'opposition de leurs usages à ceux de notre nation, je n'aurais plus d'espoir; mais je me souviens que ton auguste père a soumis à son obéissance des provinces fort éloignées, et dont les peuples n'avaient pas plus de rapport avec les nôtres: pourquoi celle-ci n'en serait-elle pas une? Le Soleil paraît se plaire à l'éclairer; il est plus beau, plus pur que je ne l'ai jamais vu, et j'aime à me livrer à la confiance qu'il m'inspire: il ne me reste d'inquiétude que sur la longueur du temps qu'il faudra passer

---

[37]Capitale du Pérou.
[38]Les terres se cultivaient en commun au Pérou, et les jours de ce travail étaient des jours de réjouissances.

avant de pouvoir m'éclaircir tout à fait sur nos intérêts; car, mon cher Aza, je n'en puis plus douter, le seul usage de la langue du pays pourra m'apprendre la vérité et finir mes inquiétudes.

Je ne laisse échapper aucune occasion de m'en instruire, je profite de tous les moments où Déterville me laisse en liberté pour prendre des leçons de ma *China*; c'est une faible ressource, ne pouvant lui faire entendre mes pensées, je ne puis former aucun raisonnement avec elle. Les signes du *Cacique* me sont quelquefois plus utiles. L'habitude nous en a fait une espèce de langage, qui nous sert au moins à exprimer nos volontés. Il me mena hier dans une maison où, sans cette intelligence, je me serais fort mal conduite.

Nous entrâmes dans une chambre plus grande et plus ornée que celle que j'habite; beaucoup de monde y était assemblé. L'étonnement général que l'on témoigna à ma vue me déplut; les ris excessifs que plusieurs jeunes filles s'efforçaient d'étouffer et qui recommençaient lorsqu'elles levaient les yeux sur moi, excitèrent dans mon cœur un sentiment si fâcheux, que je l'aurais pris pour de la honte, si je me fusse sentie coupable de quelque faute. Mais ne me trouvant qu'une grande répugnance à demeurer avec elles, j'allais retourner sur mes pas, quand un signe de Déterville me retint.

Je compris que je commettais une faute si je sortais, et je me gardai bien de rien faire qui méritât le blâme que l'on me donnait sans sujet; je restai donc, et, portant toute mon attention sur ces femmes, je crus démêler que la singularité de mes habits causait seule la surprise des unes et les ris offensants des autres: j'eus pitié de leur faiblesse; je ne pensai plus qu'à leur persuader par ma contenance que mon âme ne différait pas tant de la leur que mes habillements de leurs parures.

Un homme que j'aurais pris pour un *Curacas*[39] s'il n'eût été vêtu de noir, vint me prendre par la main d'un air affable, et me conduisit auprès d'une femme qu'à son air fier je pris pour la *Pallas*[40] de la contrée. Il lui dit plusieurs paroles que je sais pour les avoir entendu prononcer mille fois à Déterville: *Qu'elle est belle! les beaux yeux!* . . . Un autre homme lui répondit: *Des grâces, une taille de nymphe!* . . . Hors les femmes, qui ne dirent rien, tous répétèrent à peu près les mêmes mots: je ne sais pas encore leur signification; mais ils expriment sûrement des idées agréables, car en les prononçant le visage est toujours riant.

Le *Cacique* paraissait extrêmement satisfait de ce que l'on disait; il se tint toujours à côté de moi; ou, s'il s'en éloignait pour parler à quelqu'un, ses yeux ne me perdaient pas de vue, et ses signes m'avertissaient de ce que je devais faire: de mon côté, j'étais fort attentive à

---

[39]Les *Curacas* étaient de petits souverains d'une contrée; ils avaient le privilège de porter le même habit que les Incas.
[40]Nom générique des princesses.

l'observer, pour ne point blesser les usages d'une nation si peu instruite des nôtres.

Je ne sais, mon cher Aza, si je pourrai te faire comprendre combien les manières de ces sauvages m'ont paru extraordinaires.

Ils ont une vivacité si impatiente, que, les paroles ne leur suffisant pas pour s'exprimer, ils parlent autant par le mouvement de leur corps que par le son de leur voix; ce que j'ai vu de leur agitation continuelle m'a pleinement persuadée du peu d'importance des démonstrations du *Cacique*, qui m'ont tant causé d'embarras, et sur lesquelles j'ai fait tant de fausses conjectures.

Il baisa hier les mains de la *Pallas*, et celles de toutes les autres femmes, il les baisa même au visage, ce que je n'avais pas encore vu, les hommes venaient l'embrasser; les uns le prenaient par une main, les autres le tiraient par son habit, et tout cela avec une promptitude dont nous n'avons point d'idée.

A juger de leur esprit par la vivacité de leurs gestes, je suis sûre que nos expressions mesurées, que les sublimes comparaisons qui expriment si naturellement nos tendres sentiments et nos pensées affectueuses, leur paraîtraient insipides; ils prendraient notre air sérieux et modeste pour de la stupidité, et la gravité de notre démarche pour un engourdissement. Le croirais-tu, mon cher Aza? malgré leurs imperfections, si tu étais ici, je me plairais avec eux. Un certain air d'affabilité répandu sur tout ce qu'ils font les rend aimables; et si mon âme était plus heureuse, je trouverais du plaisir dans la diversité des objets qui se présentent successivement à mes yeux; mais le peu de rapport qu'ils ont avec toi efface les agréments de leur nouveauté; toi seul fais mon bien et mes plaisirs.

XII

J'ai passé bien du temps, mon cher Aza, sans pouvoir donner un moment à ma plus chère occupation; j'ai cependant un grand nombre de choses extraordinaires à t'apprendre; je profite d'un peu de loisir pour essayer de t'en instruire.

Le lendemain de ma visite chez la *Pallas*, Déterville me fit apporter un fort bel habillement à l'usage du pays. Après que ma petite *China* l'eut arrangé sur moi à sa fantaisie, elle me fit approcher de cette ingénieuse machine qui double les objets: quoique je dusse être accoutumée à ses effets, je ne pus encore me garantir de la surprise en me voyant comme si j'étais vis-à-vis de moi-même.

Mon nouvel ajustement ne me déplut pas; peut-être je regretterais davantage celui que je quitte, s'il ne m'avait fait regarder partout avec une attention incommode.

Le *Cacique* entra dans ma chambre au moment que la jeune fille ajoutait encore plusieurs bagatelles à ma parure; il s'arrêta à l'entrée de la porte, et nous regarda longtemps sans parler: sa rêverie était si profonde, qu'il se détourna pour laisser sortir la *China*, et se remit à sa place sans s'en apercevoir. Les yeux attachés sur moi, il parcourait toute ma personne avec une attention sérieuse, dont j'étais embarrassée sans en savoir la raison.

Cependant, afin de lui marquer ma reconnaissance pour ses nouveaux bienfaits, je lui tendis la main; et ne pouvant exprimer mes sentiments, je crus ne pouvoir lui rien dire de plus agréable que quelques-uns des mots qu'il se plaît à me faire répéter; je tâchai même d'y mettre le ton qu'il y donne.

Je ne sais quel effet ils firent dans ce moment-là sur lui, mais ses yeux s'animèrent, son visage s'enflamma, il vint à moi d'un air agité, il parut vouloir me prendre dans ses bras; puis, s'arrêtant tout à coup, il me serra fortement la main en prononçant d'une voix émue: *Non...le respect...* *sa vertu...*, et plusieurs autres mots que je n'entends pas mieux, et puis il courut se jeter sur son siège à l'autre côté de la chambre, où il demeura la tête appuyée dans ses mains avec tous les signes d'une profonde douleur.

Je fus alarmée de son état, ne doutant pas que je ne lui eusse causé quelque peine; je m'approchai de lui pour lui en témoigner mon repentir: mais il me repoussa doucement sans me regarder, et je n'osai plus lui rien dire: j'étais dans le plus grand embarras, quand les domestiques entrèrent pour nous apporter à manger; il se leva, nous mangeâmes ensemble à la manière accoutumée, sans qu'il parût d'autre suite à sa douleur qu'un peu de tristesse; mais il n'en avait ni moins de bonté, ni moins de douceur; tout cela me paraît inconcevable.

Je n'osais lever les yeux sur lui, ni me servir des signes qui ordinairement nous tenaient lieu d'entretien: cependant nous mangions dans un temps si différent de l'heure ordinaire des repas, que je ne pus m'empêcher de lui en témoigner ma surprise. Tout ce que je compris à sa réponse, fut que nous allions changer de demeure. En effet, le *Cacique*, après être sorti et rentré plusieurs fois, vint me prendre par la main; je me laissai conduire, en rêvant toujours à ce qui s'était passé, et en cherchant à démêler si le changement de lieu n'en était pas une suite.

A peine eûmes-nous passé la dernière porte de la maison, qu'il m'aida à monter un pas assez haut, et je me trouvai dans une petite chambre où l'on ne peut se tenir debout sans incommodité, où il n'y a pas assez d'espace pour marcher, mais où nous fûmes assis fort à l'aise, le *Cacique*, la *China* et moi. Ce petit endroit est agréablement meublé, une fenêtre de chaque côté l'éclaire suffisamment.

Tandis que je le considérais avec surprise, et que je tâchais de deviner pourquoi Déterville nous enfermait si étroitement, ô mon cher Aza! que les prodiges sont familiers dans ce pays! je sentis cette machine ou cabane, je ne sais comment la nommer, je la sentis se mouvoir et changer de place. Ce mouvement me fit penser à la maison flottante: la frayeur me saisit; le *Cacique*, attentif à mes moindres inquiétudes, me rassura en me faisant voir par une des fenêtres que cette machine, suspendue assez près de la terre, se mouvait par un secret que je ne comprenais pas.

Déterville me fit aussi voir que plusieurs *Hamas*[41] d'une espèce qui nous est inconnue, marchaient devant nous et nous traînaient après eux. Il faut, ô lumière de mes jours, un génie plus qu'humain pour inventer des choses si utiles et si singulières; mais il faut aussi qu'il y ait dans cette nation quelques grands défauts qui modèrent sa puissance, puisqu'elle n'est pas la maîtresse du monde entier.

Il y a quatre jours qu'enfermés dans cette merveilleuse machine, nous n'en sortons que la nuit pour reprendre du repos dans la première habitation qui se rencontre, et je n'en sors jamais sans regret. Je te l'avoue, mon cher Aza, malgré mes tendres inquiétudes, j'ai goûté pendant ce voyage des plaisirs qui m'étaient inconnus. Renfermée dans le temple dès ma plus tendre enfance, je ne connaissais pas les beautés de l'univers; quel bien j'avais perdu!

Il faut, ô l'ami de mon cœur! que la nature ait placé dans ses ouvrages un attrait inconnu que l'art le plus adroit ne peut imiter. Ce que j'ai vu des prodiges inventés par les hommes ne m'a point causé le ravissement que j'éprouve dans l'admiration de l'univers. Les campagnes immenses, qui se changent et se renouvellent sans cesse à

---

[41]Nom générique de bêtes.

mes regards, emportent mon âme avec autant de rapidité que nous les traversons.

Les yeux parcourent, embrassent et se reposent tout à la fois sur une infinité d'objets aussi variés qu'agréables. On croit ne trouver de bornes à sa vue que celles du monde entier. Cette erreur nous flatte; elle nous donne une idée satisfaisante de notre propre grandeur, et semble nous rapprocher du Créateur de tant de merveilles. A la fin d'un beau jour, le ciel présente des images dont la pompe et la magnificence surpassent de beaucoup celles de la terre.

D'un côté, des nuées transparentes assemblées autour du soleil couchant, offrent à nos yeux des montagnes d'ombres et de lumière, dont le majestueux désordre attire notre admiration jusqu'à l'oubli de nous-mêmes; de l'autre, un astre moins brillant s'élève, reçoit et répand une lumière moins vive sur les objets, qui, perdant leur activité par l'absence du Soleil, ne frappent plus nos sens que d'une manière douce, paisible, et parfaitement harmonique avec le silence qui règne sur la terre. Alors, revenant à nous-mêmes, un calme délicieux pénètre dans notre âme, nous jouissons de l'univers comme le possédant seuls; nous n'y voyons rien qui ne nous appartienne: une sérénité douce nous conduit à des réflexions agréables: et si quelques regrets viennent les troubler, ils ne naissent que de la nécessité de s'arracher à cette douce rêverie pour nous renfermer dans les folles prisons que les hommes se sont faites, et que toute leur industrie ne pourra jamais rendre que méprisables, en les comparant aux ouvrages de la nature.

Le *Cacique* a eu la complaisance de me faire sortir tous les jours de la cabane roulante pour me laisser contempler à loisir ce qu'il me voyait admirer avec tant de satisfaction.

Si les beautés du ciel et de la terre ont un attrait si puissant sur notre âme, celles des forêts, plus simples et plus touchantes, ne m'ont causé ni moins de plaisir ni moins d'étonnement.

Que les bois sont délicieux, mon cher Aza! En y entrant, un charme universel se répand sur tous les sens et confond leur usage. On croit voir la fraîcheur avant de la sentir; les différentes nuances de la couleur des feuilles adoucissent la lumière qui les pénètre, et semblent frapper le sentiment aussitôt que les yeux. Une odeur agréable, mais indéterminée, laisse à peine discerner si elle affecte le goût ou l'odorat; l'air même, sans être aperçu, porte dans tout notre être une volupté pure qui semble nous donner un sens de plus, sans pouvoir en désigner l'organe.

O mon cher Aza, que ta présence embellirait des plaisirs si purs! Que j'ai désiré de les partager avec toi! Témoin de mes tendres pensées, je t'aurais fait trouver dans les sentiments de mon cœur des charmes encore plus touchants que ceux des beautés de l'univers.

XIII

Me voici, mon cher Aza, dans une ville nommée Paris, c'est le terme de notre voyage; mais, selon les apparences, ce ne sera pas celui de mes chagrins.

Depuis que je suis arrivée, plus attentive que jamais sur tout ce qui se passe, mes découvertes ne me produisent que du tourment et ne me présagent que des malheurs: je trouve ton idée dans le moindre de mes désirs curieux, et je ne la rencontre dans aucun des objets qui s'offrent à ma vue.

Autant que j'en puis juger par le temps que nous avons employé à traverser cette ville, et par le grand nombre d'habitants dont les rues sont remplies, elle contient plus de monde que n'en pourraient rassembler deux ou trois de nos contrées.

Je me rappelle les merveilles que l'on m'a racontées de *Quitu*; je cherche à trouver ici quelques traits de la peinture que l'on m'a faite de cette grande ville: mais, hélas! quelle différence!

Celle-ci contient des ponts, des rivières, des arbres, des campagnes; elle me paraît un univers plutôt qu'une habitation particulière. J'essayerais en vain de te donner une idée juste de la hauteur des maisons; elles sont si prodigieusement élevées, qu'il est plus facile de croire que la nature les a produites telles qu'elles sont que de comprendre comment des hommes ont pu les construire.

C'est ici que la famille du *Cacique* fait sa résidence. La maison qu'elle habite est presque aussi magnifique que celle du Soleil; les meubles et quelques endroits des murs sont d'or; le reste est orné d'un tissu varié des plus belles couleurs, qui représentent assez bien les beautés de la nature.

En arrivant, Déterville me fit entendre qu'il me conduisait dans la chambre de sa mère. Nous la trouvâmes à demi couchée sur un lit à peu près de la même forme que celui des *Incas* et de même métal.[42] Après avoir présenté sa main au *Cacique*, qui la baisa en se prosternant presque jusqu'à terre, elle l'embrassa, mais avec une bonté si froide, une joie si contrainte, que, si je n'eusse été avertie, je n'aurais pas reconnu les sentiments de la nature dans les caresses de cette mère.

Après s'être entretenus un moment, le *Cacique* me fit approcher; elle jeta sur moi un regard dédaigneux, et sans répondre à ce que son fils lui disait, elle continua d'entourer gravement ses doigts d'un cordon qui pendait à un petit morceau d'or.

Déterville nous quitta pour aller au-devant d'un grand homme de bonne mine qui avait fait quelques pas vers lui; il l'embrassa aussi bien qu'une autre femme qui était occupée de la même manière que la *Pallas*.

---

[42]Les lits, les chaises, les tables des Incas étaient d'or massif.

Dès que le *Cacique* avait paru dans cette chambre, une jeune fille à peu près de mon âge était accourue; elle le suivait avec un empressement timide qui était remarquable. La joie éclatait sur son visage, sans en bannir un fonds de tristesse intéressant. Déterville l'embrassa la dernière, mais avec une tendresse si naturelle que mon cœur s'en émut. Hélas! mon cher Aza, quels seraient nos transports, si après tant de malheurs le sort nous réunissait!

Pendant ce temps, j'étais restée auprès de la *Pallas*, par respect;[43] je n'osais m'en éloigner ni lever les yeux sur elle. Quelques regards sévères qu'elle jetait de temps en temps sur moi achevaient de m'intimider et me donnaient une contrainte qui gênait jusqu'à mes pensées.

Enfin, comme si la jeune fille eût deviné mon embarras, après avoir quitté Déterville, elle vint me prendre par la main et me conduisit près d'une fenêtre où nous nous assîmes. Quoique je n'entendisse rien de ce qu'elle me disait, ses yeux pleins de bonté me parlaient le langage universel des cœurs bienfaisants; ils m'inspiraient la confiance et l'amitié: j'aurais voulu lui témoigner mes sentiments; mais ne pouvant m'exprimer selon mes désirs, je prononçai tout ce que je savais de sa langue.

Elle en sourit plus d'une fois en regardant Déterville d'un air fin et doux. Je trouvais du plaisir dans cette espèce d'entretien, quand la *Pallas* prononça quelques paroles

---

[43]Les filles, quoique du sang royal, portaient un grand respect aux femmes mariées.

assez haut en regardant la jeune fille, qui baissa les yeux, repoussa ma main qu'elle tenait dans les siennes, et ne me regarda plus.

A quelque temps de là, une vieille femme d'une physionomie farouche entra, s'approcha de la *Pallas*, vint ensuite me prendre par le bras, me conduisit presque malgré moi dans une chambre au plus haut de la maison, et m'y laissa seule.

Quoique ce moment ne dût pas être le plus malheureux de ma vie, mon cher Aza, il n'a pas été un des moins fâcheux. J'attendais de la fin de mon voyage quelque soulagement à mes inquiétudes; je comptais du moins trouver dans la famille du *Cacique* les mêmes bontés qu'il m'avait témoignées. Le froid accueil de la *Pallas*, le changement subit des manières de la jeune fille, la rudesse de cette femme qui m'avait arrachée d'un lieu où j'avais intérêt de rester, l'inattention de Déterville qui ne s'était point opposé à l'espèce de violence qu'on m'avait faite; enfin toutes les circonstances dont une âme malheureuse sait augmenter ses peines se présentèrent à la fois sous les plus tristes aspects. Je me croyais abandonnée de tout le monde, je déplorais amèrement mon affreuse destinée, quand je vis entrer ma *China*. Dans la situation où j'étais, sa vue me parut un bonheur; je courus à elle, je l'embrassai en versant des larmes; elle en fut touchée; son attendrissement me fut cher. Quand on se croit réduit à la pitié de soi-même, celle des autres nous est bien précieuse. Les marques d'affection de cette jeune fille adoucirent ma peine: je lui contais mes chagrins, comme si elle eût pu m'entendre; je lui faisais mille questions, comme si elle eût pu y répondre: ses larmes parlaient à mon cœur, les miennes continuaient à couler, mais elles avaient moins d'amertume.

J'espérais encore revoir Déterville à l'heure du repas; mais on me servit à manger, et je ne le vis point. Depuis que je t'ai perdu, chère idole de mon cœur, ce *Cacique* est le seul humain qui ait eu pour moi de la bonté sans interruption; l'habitude de le voir s'est tournée en besoin. Son absence redoubla ma tristesse: après l'avoir attendu vainement, je me couchai; mais le sommeil n'avait point encore tari mes larmes quand je le vis entrer dans ma chambre, suivi de la jeune personne dont le brusque dédain m'avait été si sensible.

Elle se jeta sur mon lit, et par mille caresses elle semblait vouloir réparer le mauvais traitement qu'elle m'avait fait.

Le *Cacique* s'assit à côté du lit: il paraissait avoir autant de plaisir à me revoir que j'en sentais de n'en être point abandonnée; ils se parlaient en me regardant, et m'accablaient des plus tendres marques d'affection.

Insensiblement leur entretien devint plus sérieux. Sans entendre leurs discours, il m'était aisé de juger qu'ils étaient fondés sur la confiance et l'amitié: je me gardai bien de les interrompre; mais sitôt qu'ils revinrent à moi, je tâchai de tirer du *Cacique* des éclaircissements sur ce qui m'avait paru de plus extraordinaire depuis mon arrivée.

Tout ce que je pus comprendre à ses réponses, fut que la jeune fille que je voyais se nommait Céline, qu'elle était sa sœur, que le grand homme que j'avais vu dans la chambre de la *Pallas* était son frère aîné, et l'autre jeune femme l'épouse de ce frère.

Céline me devint plus chère en apprenant qu'elle était sœur du *Cacique*; la compagnie de l'un et de l'autre m'était si agréable, que je ne m'aperçus point qu'il était jour avant qu'ils me quittassent.

Après leur départ, j'ai passé le reste du temps destiné au repos à m'entretenir avec toi; c'est tout mon bien, c'est toute ma joie, c'est à toi seul, chère âme de mes pensées, que je développe mon cœur, tu seras à jamais le seul dépositaire de mes secrets, de ma tendresse et de mes sentiments.

XIV

Si je ne continuais, mon cher Aza, à prendre sur mon sommeil le temps que je te donne, je ne jouirais plus de ces moments délicieux où je n'existe que pour toi. On m'a fait reprendre mes habits de Vierge, et l'on m'oblige de rester tout le jour dans une chambre remplie d'une foule de monde qui se change et se renouvelle à tout moment sans presque diminuer.

Cette dissipation involontaire m'arrache souvent malgré moi à mes tendres pensées; mais, si je perds pour quelques instants cette attention vive qui unit sans cesse mon âme à la tienne, je te retrouve bientôt dans les comparaisons avantageuses que je fais de toi avec tout ce qui m'environne.

Dans les différentes contrées que j'ai parcourues je n'ai point vu des sauvages si orgueilleusement familiers que ceux-ci. Les femmes surtout me paraissent avoir une bonté méprisante qui révolte l'humanité, et qui m'inspirerait peut-être autant de mépris pour elles qu'elles en témoignent pour les autres, si je les connaissais mieux.

Une d'entre elles m'occasionna hier un affront, qui m'afflige encore aujourd'hui. Dans le temps que l'assemblée était la plus nombreuse, elle avait déjà parlé à plusieurs personnes sans m'apercevoir; soit que le hasard ou que quelqu'un m'ait fait remarquer, elle fit un éclat de rire en jetant les yeux sur moi, quitta précipitamment sa place, vint à moi, me fit lever, et après m'avoir tournée et retournée autant de fois que sa vivacité le lui suggéra, après avoir touché tous les morceaux de mon habit avec une attention scrupuleuse, elle fit signe à un jeune homme de s'approcher et recommença avec lui l'examen de ma figure.

Quoique je répugnasse à la liberté que l'un et l'autre se donnaient, la richesse des habits de la femme me la faisant prendre pour une *Pallas*, et la magnificence de ceux du jeune homme, tout couvert de plaques d'or, pour un *Anqui*,[44] je n'osais m'opposer à leur volonté; mais ce sauvage téméraire, enhardi par la familiarité de la *Pallas*, et peut-être par ma retenue, ayant eu l'audace de porter la main sur ma gorge, je le repoussai avec une surprise et une indignation qui lui firent connaître que j'étais mieux instruite que lui des lois de l'honnêteté.

Au cri que je fis, Déterville accourut: il n'eut pas plus tôt dit quelques paroles au jeune sauvage, que celui-ci, s'appuyant d'une main sur son épaule, fit des ris si violents, que sa figure en était contrefaite.

Le *Cacique* s'en débarrassa, et lui dit, en rougissant, des mots d'un ton si froid, que la gaieté du jeune homme s'évanouit; et n'ayant apparemment plus rien à répondre, il s'éloigna sans répliquer et ne revint plus.

O mon cher Aza! que les mœurs de ces pays me rendent respectables celles des enfants du Soleil! Que la témérité du jeune *Anqui* rappelle chèrement à mon souvenir ton tendre respect, ta sage retenue et les charmes de l'honnêteté qui régnaient dans nos entretiens! Je l'ai senti au premier moment de ta vue, chères délices de mon âme, et je le sentirai toute ma vie. Toi seul réunis toutes les perfections que la nature a répandues séparément sur les humains, comme elle a rassemblé dans mon

---

[44]Prince du sang: il fallait une permission de l'Inca pour porter de l'or sur les habits, et il ne le permettait qu'aux princes du sang royal.

cœur tous les sentiments de tendresse et d'admiration
qui m'attachent à toi jusqu'à la mort.

XV

Plus je vis avec le *Cacique* et sa sœur, mon cher Aza, plus
j'ai de peine à me persuader qu'ils soient de cette nation:
eux seuls connaissent et respectent la vertu.

Les manières simples, la bonté naïve, la modeste gaieté
de Céline feraient volontiers penser qu'elle a été élevée
parmi nos Vierges. La douceur honnête, le tendre sérieux
de son frère, persuaderaient facilement qu'il est né du sang
des *Incas*. L'un et l'autre me traitent avec autant d'humanité que nous en exercerions à leur égard si des malheurs
les eussent conduits parmi nous. Je ne doute même plus
que le *Cacique* ne soit ton tributaire.[45]

Il n'entre jamais dans ma chambre sans m'offrir un présent de quelques-unes des choses merveilleuses dont
cette contrée abonde: tantôt ce sont des morceaux de la
machine qui double les objets, renfermés dans des petits
coffres d'une matière admirable. Une autre fois ce sont
des pierres légères et d'un éclat surprenant dont on orne
ici presque toutes les parties du corps; on en passe aux
oreilles, on en met sur l'estomac, au col, sur la chaussure,
et cela est très agréable à voir.

---

[45]Les *Caciques* et les *Curacas* étaient obligés de fournir les habits et
l'entretien de l'*Inca* et de la reine. Ils ne se présentaient jamais devant
l'un et l'autre sans leur offrir un tribut des curiosités que produisait
la province où ils commandaient.

Mais ce que je trouve de plus amusant, ce sont de petits outils d'un métal fort dur, et d'une commodité singulière. Les uns servent à composer des ouvrages que Céline m'apprend à faire; d'autres, d'une forme tranchante, servent à diviser toutes sortes d'étoffes, dont on fait tant de morceaux que l'on veut, sans effort, et d'une manière fort divertissante.

J'ai une infinité d'autres raretés plus extraordinaires encore; mais, n'étant point à notre usage, je ne trouve dans notre langue aucuns termes qui puissent t'en donner l'idée.

Je te garde soigneusement tous ces dons, mon cher Aza; outre le plaisir que j'aurai de ta surprise, lorsque tu les verras, c'est qu'assurément ils sont à toi. Si le *Cacique* n'était soumis à ton obéissance, me payerait-il un tribut qu'il sait n'être dû qu'à ton rang suprême? Les respects qu'il m'a toujours rendus m'ont fait penser que ma naissance lui était connue. Les présents dont il m'honore me persuadent sans aucun doute qu'il n'ignore pas que je dois être ton épouse, puisqu'il me traite d'avance en *Mama-Oella*.[46]

Cette conviction me rassure et calme une partie de mes inquiétudes; je comprends qu'il ne me manque que la liberté de m'exprimer pour savoir du *Cacique* les raisons qui l'engagent à me retenir chez lui, et pour le déter-

---

[46]C'est le nom que prenaient les reines en montant sur le trône.

miner à me remettre en ton pouvoir: mais jusque-là j'aurai encore bien des peines à souffrir.

Il s'en faut beaucoup que l'humeur de *Madame*, c'est le nom de la mère de Déterville, ne soit aussi aimable que celle de ses enfants. Loin de me traiter avec autant de bonté, elle me marque en toutes occasions une froideur et un dédain qui me mortifient, sans que je puisse en découvrir la cause, et, par une opposition de sentiments que je comprends encore moins, elle exige que je sois continuellement avec elle.

C'est pour moi une gêne insupportable; la contrainte règne partout où elle est: ce n'est qu'à la dérobée que Céline et son frère me font des signes d'amitié. Eux-mêmes n'osent se parler librement devant elle. Aussi continuent-ils à passer une partie des nuits dans ma chambre; c'est le seul temps où nous jouissons en paix du plaisir de nous voir; et quoique je ne participe guère à leurs entretiens, leur présence m'est toujours agréable. Il ne tient pas aux soins de l'un et de l'autre que je ne sois heureuse. Hélas! mon cher Aza, ils ignorent que je ne puis l'être loin de toi, et que je ne crois vivre qu'autant que ton souvenir et ma tendresse m'occupent tout entière.

XVI

Il me reste si peu de *quipos*, mon cher Aza, qu'à peine j'ose en faire usage. Quand je veux les nouer, la crainte de les voir finir m'arrête, comme si en les épargnant je pouvais les multiplier. Je vais perdre le plaisir de mon âme, le soutien de ma vie, rien ne soulagera le poids de ton absence, j'en serai accablée.

Je goûtais une volupté délicate à conserver le souvenir des plus secrets mouvements de mon cœur pour t'en offrir l'hommage. Je voulais conserver la mémoire des principaux usages de cette nation singulière pour amuser ton loisir dans des jours plus heureux. Hélas! il me reste bien peu d'espérance de pouvoir exécuter mes projets.

Si je trouve à présent tant de difficultés à mettre de l'ordre dans mes idées, comment pourrai-je dans la suite me les rappeler sans un secours étranger? On m'en offre un, il est vrai, mais l'exécution en est si difficile, que je la crois impossible.

Le *Cacique* m'a amené un Sauvage de cette Contrée qui vient tous les jours me donner des leçons de sa langue, et de la méthode dont on se sert ici pour donner une sorte d'existence aux pensées. Cela se fait en traçant avec une plume de petites figures qu'on appelle *lettres*, sur une matière blanche et mince que l'on nomme *papier*; ces figures ont des noms; ces noms, mêlés ensemble, représentent les sons des paroles; mais ces noms et ces sons me paraissent si peu distincts les uns des autres, que si je réussis un jour à les entendre, je suis bien assurée que ce ne sera pas sans beaucoup de peines. Ce pauvre sauvage s'en donne d'incroyables pour m'instruire, je m'en donne bien davantage pour apprendre; cependant je fais si peu de progrès que je renoncerais à l'entreprise, si je savais qu'une autre voie pût m'éclaircir de ton sort et du mien.

Il n'en est point, mon cher Aza! Aussi ne trouverai-je plus de plaisir que dans cette nouvelle et singulière étude. Je voudrais vivre seule, afin de m'y livrer sans relâche; et la nécessité que l'on m'impose d'être toujours dans la chambre de *Madame*, me devient un supplice.

Dans les commencements, en excitant la curiosité des autres, j'amusais la mienne; mais quand on ne peut faire usage que des yeux, ils sont bientôt satisfaits. Toutes les femmes se peignent le visage de la même couleur: elles ont toujours les même manières, et je crois qu'elles disent toujours les même choses. Les apparences sont plus variées dans les hommes. Quelques-uns ont l'air de penser; mais en général je soupçonne cette nation de n'être point telle qu'elle paraît; l'affectation me paraît son caractère dominant.

Si les démonstrations de zèle et d'empressement, dont on décore ici les moindres devoirs de la société, étaient naturelles, il faudrait, mon cher Aza, que ces peuples eussent dans le cœur plus de bonté, plus d'humanité que les nôtres: cela se peut-il penser?

S'ils avaient autant de sérénité dans l'âme que sur le visage, si le penchant à la joie, que je remarque dans toutes leurs actions, était sincère, choisiraient-ils pour leurs amusements des spectacles tels que celui que l'on m'a fait voir?

On m'a conduite dans un endroit où l'on représente, à peu près comme dans ton palais, les actions des hommes qui ne sont plus;[47] avec cette différence que, si nous ne rappelons que la mémoire des plus sages et des plus vertueux, je crois qu'ici on ne célèbre que les insensés et les méchants. Ceux qui les représentent crient et s'agitent comme des furieux; j'en ai vu un pousser sa rage jusqu'à se tuer lui-même. De belles femmes, qu'apparemment ils persécutent, pleurent sans cesse, et font des gestes de désespoir, qui n'ont pas besoin des paroles dont ils sont accompagnés pour faire connaître l'excès de leur douleur.

Pourrait-on croire, mon cher Aza, qu'un peuple entier, dont les dehors sont si humains, se plaise à la représentation des malheurs ou des crimes qui ont autrefois avili, ou accablé ses semblables?

Mais peut-être a-t-on besoin ici de l'horreur du vice pour conduire à la vertu; cette pensée me vient sans la chercher, si elle était juste, que je plaindrais cette nation! La nôtre, plus favorisée de la nature, chérit le bien par ses propres attraits; il ne nous faut que des modèles de vertu pour devenir vertueux, comme il ne faut que t'aimer pour devenir aimable.

XVII

Je ne sais plus que penser du génie de cette nation, mon cher Aza. Il parcourt les extrêmes avec tant de rapidité,

---

[47]Les Incas faisaient représenter des espèces de comédies dont les sujets étaient tirés des meilleures actions de leurs prédécesseurs.

qu'il faudrait être plus habile que je ne le suis pour asseoir un jugement sur son caractère.

On m'a fait voir un spectacle totalement opposé au premier. Celui-là cruel, effrayant, révolte la raison et humilie l'humanité. Celui-ci amusant, agréable, imite la nature et fait honneur au bon sens. Il est composé d'un bien plus grand nombre d'hommes et de femmes que le premier. On y représente aussi quelques actions de la vie humaine; mais soit que l'on exprime la peine ou le plaisir, la joie ou la tristesse, c'est toujours par des chants et des danses.

Il faut, mon cher Aza, que l'intelligence des sons soit universelle, car il ne m'a pas été plus difficile de m'affecter des différentes passions que l'on a représentées que si elles eussent été exprimées dans notre langue, et cela me paraît bien naturel.

Le langage humain est sans doute de l'invention des hommes, puisqu'il diffère suivant les différentes nations. La nature, plus puissante et plus attentive aux besoins et aux plaisirs de ses créatures, leur a donné des moyens généraux de les exprimer, qui sont fort bien imités par les chants que j'ai entendus.

S'il est vrai que des sons aigus expriment mieux le besoin de secours dans une crainte violente ou dans une douleur vive, que des paroles entendues dans une partie du monde, et qui n'ont aucune signification dans l'autre, il n'est pas moins certain que de tendres gémissements frappent nos cœurs d'une compassion bien plus efficace que des mots dont l'arrangement bizarre fait souvent un effet contraire.

Les sons vifs et légers ne portent-ils pas inévitablement dans notre âme le plaisir gai, que le récit d'une histoire divertissante, ou une plaisanterie adroite n'y fait jamais naître qu'imparfaitement?

Est-il dans aucune langue des expressions qui puissent communiquer le plaisir ingénu avec autant de succès que le font les jeux naïfs des animaux? Il semble que les danses veulent les imiter; du moins inspirent-elles à peu près le même sentiment.

Enfin, mon cher Aza, dans ce spectacle tout est conforme à la nature et à l'humanité. Eh! quel bien peut-on faire aux hommes, qui égale celui de leur inspirer de la joie?

J'en ressentis moi-même, et j'en emportais presque malgré moi, quand elle fut troublée par un accident qui arriva à Céline.

En sortant, nous nous étions un peu écartées de la foule, et nous nous soutenions l'une l'autre de crainte de tomber. Déterville était quelques pas devant nous avec sa belle-sœur qu'il conduisait, lorsqu'un jeune sauvage d'une figure aimable aborda Céline, lui dit quelques mots fort bas, lui laissa un morceau de papier qu'à peine elle eut la force de recevoir, et s'éloigna.

Céline, qui s'était effrayée à son abord jusqu'à me faire partager le tremblement qui la saisit, tourna la tête languissamment vers lui lorsqu'il nous quitta. Elle me parut si faible, que la croyant attaquée d'un mal subit, j'allais appeler Déterville pour la secourir; mais elle m'arrêta et m'imposa silence en me mettant un de ses doigts sur la bouche; j'aimai mieux garder mon inquiétude que de lui désobéir.

Le même soir, quand le frère et la sœur se furent rendus dans ma chambre, Céline montra au *Cacique* le papier qu'elle avait reçu; sur le peu que je devinai de leur entretien, j'aurais pensé qu'elle aimait le jeune homme qui le lui avait donné, s'il était possible que l'on s'effrayât de la présence de ce qu'on aime.

Je pourrais encore, mon cher Aza, te faire part de bien d'autres remarques que j'ai faites; mais, hélas! je vois la fin de mes cordons, j'en touche les derniers fils, j'en noue les derniers nœuds, ces nœuds, qui me semblaient être une chaîne de communication de mon cœur au tien, ne sont déjà plus que les tristes objets de mes regrets. L'illusion me quitte, l'affreuse vérité prend sa place, mes pensées errantes, égarées dans le vide immense de l'absence, s'anéantiront désormais avec la même rapidité que le temps. Cher Aza, il me semble que l'on nous sépare encore une fois, que l'on m'arrache de nouveau à ton amour. Je te perds, je te quitte, je ne te verrai plus, Aza! cher espoir de mon cœur, que nous allons être éloignés l'un de l'autre!

XVIII

Combien de temps effacé de ma vie, mon cher Aza! Le Soleil a fait la moitié de son cours depuis la dernière fois que j'ai joui du bonheur artificiel que je me faisais en croyant m'entretenir avec toi. Que cette double absence m'a paru longue! Quel courage ne m'a-t-il pas fallu pour la supporter? Je ne vivais que dans l'avenir, le présent ne me paraissait plus digne d'être compté. Toutes mes pensées n'étaient que des désirs, toutes mes réflexions que des projets, tous mes sentiments que des espérances.

A peine puis-je encore former ces figures, que je me hâte d'en faire les interprètes de ma tendresse.

Je me sens ranimer par cette tendre occupation. Rendue à moi-même, je crois recommencer à vivre. Aza, que tu m'es cher, que j'ai de joie à te le dire, à le peindre, à donner à ce sentiment toutes les sortes d'existences qu'il peut avoir! Je voudrais le tracer sur le plus dur métal, sur les murs de ma chambre, sur mes habits, sur tout ce qui m'environne, et l'exprimer dans toutes les langues.

Hélas! que la connaissance de celle dont je me sers à présent m'a été funeste, que l'espérance qui m'a portée à m'en instruire était trompeuse! A mesure que j'en ai acquis l'intelligence, un nouvel univers s'est offert à mes yeux. Les objets ont pris une autre forme, chaque éclaircissement m'a découvert un nouveau malheur.

Mon esprit, mon cœur, mes yeux, tout m'a séduit, le Soleil même m'a trompée. Il éclaire le monde entier, dont ton empire n'occupe qu'une portion, ainsi que bien d'autres royaumes qui le composent. Ne crois pas, mon cher Aza, que l'on m'ait abusée sur ces faits incroyables: on ne me les a que trop prouvés.

Loin d'être parmi des peuples soumis à ton obéissance, je suis non seulement sous une domination étrangère, mais si éloignée de ton empire, que notre nation y serait encore ignorée, si la cupidité des Espagnols ne leur avait fait surmonter des dangers affreux pour pénétrer jusqu'à nous.

L'amour ne fera-t-il pas ce que la soif des richesses a pu faire? Si tu m'aimes, si tu me désires, si tu penses encore à la malheureuse Zilia, je dois tout attendre de ta tendresse ou de ta générosité. Que l'on m'enseigne les chemins qui peuvent me conduire jusqu'à toi, les périls à surmonter, les fatigues à supporter seront des plaisirs pour mon cœur.

XIX

Je suis encore si peu habile dans l'art d'écrire, mon cher Aza, qu'il me faut un temps infini pour former très peu de lignes. Il arrive souvent qu'après avoir beaucoup écrit, je ne puis deviner moi-même ce que j'ai cru exprimer. Cet embarras brouille mes idées, me fait oublier ce que j'avais rappelé avec peine à mon souvenir; je recommence, je ne fais pas mieux, et cependant je continue.

J'y trouverais plus de facilité, si je n'avais à te peindre que les expressions de ma tendresse; la vivacité de mes sentiments aplanirait toutes les difficultés. Mais je voudrais aussi te rendre compte de tout ce qui s'est passé pendant l'intervalle de mon silence. Je voudrais que tu n'ignorasses aucune de mes actions; néanmoins elles sont depuis longtemps si peu intéressantes et si uniformes, qu'il me serait impossible de les distinguer les unes des autres.

Le principal événement de ma vie a été le départ de Déterville.

Depuis un espace de temps que l'on nomme *six mois* il est allé faire la guerre pour les intérêts de son souverain. Lorsqu'il partit, j'ignorais encore l'usage de sa langue; cependant, à la vive douleur qu'il fit paraître en se séparant de sa sœur et de moi, je compris que nous le perdions pour longtemps.

J'en versai bien des larmes; mille craintes remplirent mon cœur, que les bontés de Céline ne purent effacer. Je perdais en lui la plus solide espérance de te revoir. A qui pourrais-je avoir recours, s'il m'arrivait de nouveaux malheurs? Je n'étais entendue de personne.

Je ne tardai pas à ressentir les effets de cette absence. *Madame*, dont je n'avais que trop deviné le dédain, et qui ne m'avait tant retenue dans sa chambre que par je ne sais quelle vanité qu'elle tirait, dit-on, de ma naissance et du pouvoir qu'elle a sur moi, me fit enfermer avec Céline dans une maison de Vierges, où nous sommes encore.

Cette retraite ne me déplairait pas, si au moment où je suis en état de tout entendre, elle ne me privait des instructions dont j'ai besoin sur le dessein que je forme d'aller te rejoindre. Les Vierges qui l'habitent sont d'une ignorance si profonde, qu'elles ne peuvent satisfaire à mes moindres curiosités. Le culte qu'elles rendent à la Divinité du pays exige qu'elles renoncent à tous ses bienfaits, aux connaissances de l'esprit, aux sentiments du cœur, et je crois même à la raison, du moins leurs discours le font-ils penser.

Enfermées comme les nôtres, elles ont un avantage que l'on n'a pas dans les temples du Soleil: ici les murs ouverts en quelques endroits, et seulement fermés par des morceaux de fer croisés, assez près l'un de l'autre, pour empêcher de sortir, laissent la liberté de voir et d'entretenir les gens du dehors, c'est ce qu'on appelle des parloirs.

C'est à la faveur de cette commodité que je continue à prendre des leçons d'écriture. Je ne parle qu'au maître qui me les donne; son ignorance à tous autres égards qu'à celui de son art ne peut me tirer de la mienne. Céline ne me paraît pas mieux instruite; je remarque dans les réponses qu'elle fait à mes questions, un certain embarras qui ne peut partir que d'une dissimulation maladroite ou d'une ignorance honteuse. Quoi qu'il en soit, son entretien est toujours borné aux intérêts de son cœur et à ceux de sa famille.

Le jeune Français qui lui parla un jour en sortant du spectacle où l'on chante est son amant, comme j'avais cru le deviner. Mais Madame Déterville, qui ne veut pas les unir, lui défend de le voir, et pour l'en empêcher plus sûrement, elle ne veut pas même qu'elle parle à qui que ce soit. Ce n'est pas que son choix soit indigne d'elle, c'est que cette mère glorieuse et dénaturée profite d'un usage barbare, établi parmi les grands seigneurs du pays, pour obliger Céline à prendre l'habit de Vierge, afin de rendre son fils aîné plus riche. Par le même motif, elle a déjà obligé Déterville à choisir un certain ordre, dont il ne pourra plus sortir, dès qu'il aura prononcé des paroles que l'on appelle *vœux*.

Céline résiste de tout son pouvoir au sacrifice que l'on exige d'elle; son courage est soutenu par des lettres de son amant que je reçois de mon maître à écrire, et que je lui rends; cependant son chagrin apporte tant d'altération dans son caractère, que loin d'avoir pour moi les mêmes bontés qu'elle avait avant que je parlasse sa langue, elle répand sur notre commerce une amertume qui aigrit mes peines.

Confidente perpétuelle des siennes, je l'écoute sans ennui, je la plains sans effort, je la console avec amitié; et si ma tendresse réveillée par la peinture de la sienne, me fait chercher à soulager l'oppression de mon cœur en prononçant seulement ton nom, l'impatience et le mépris se

peignent sur son visage, elle me conteste ton esprit, tes
vertus, et jusqu'à ton amour.

Ma *China* même, je ne lui sais point d'autre nom,
celui-là a paru plaisant, on le lui a laissé, ma *China* qui
semblait m'aimer, qui m'obéit en toutes autres occasions,
se donne la hardiesse de m'exhorter à ne plus penser à toi,
ou si je lui impose silence, elle sort: Céline arrive, il faut
renfermer mon chagrin. Cette contrainte tyrannique met
le comble à mes maux. Il ne me reste que la seule et pénible satisfaction de couvrir ce papier des expressions de
ma tendresse, puisqu'il est le seul témoin docile des sentiments de mon cœur.

Hélas! je prends peut-être des peines inutiles, peut-être
ne sauras-tu jamais que je n'ai vécu que pour toi. Cette
horrible pensée affaiblit mon courage, sans rompre le
dessein que j'ai de continuer à t'écrire. Je conserve mon
illusion pour te conserver ma vie, j'écarte la raison barbare qui voudrait m'éclairer: si je n'espérais te revoir, je
périrais, mon cher Aza, j'en suis certaine; sans toi la vie
m'est un supplice.

XX

Jusqu'ici, mon cher Aza, tout occupée des peines de mon
cœur, je ne t'ai point parlé de celles de mon esprit; cependant elles ne sont guère moins cruelles. J'en éprouve une
d'un genre inconnu parmi nous, causée par les usages
généraux de cette nation, si différents des nôtres, qu'à

83

moins de t'en donner quelques idées, tu ne pourrais compatir à mon inquiétude.

Le gouvernement de cet empire, entièrement opposé à celui du tien, ne peut manquer d'être défectueux. Au lieu que le *Capa-Inca* est obligé de pourvoir à la subsistance de ses peuples, en Europe les souverains ne tirent la leur que des travaux de leurs sujets; aussi les crimes et les malheurs viennent-ils presque tous des besoins mal satisfaits.

Le malheur des nobles, en général, naît des difficultés qu'ils trouvent à concilier leur magnificence apparente avec leur misère réelle.

Le commun des hommes ne soutient son état que par ce qu'on appelle commerce ou industrie; la mauvaise foi est le moindre des crimes qui en résultent.

Une partie du peuple est obligée, pour vivre, de s'en rapporter à l'humanité des autres: les effets en sont si bornés, qu'à peine ces malheureux ont-ils suffisamment de quoi s'empêcher de mourir.

Sans avoir de l'or, il est impossible d'acquérir une portion de cette terre que la nature a donnée à tous les hommes. Sans posséder ce qu'on appelle du bien, il est impossible d'avoir de l'or, et par une inconséquence qui blesse les lumières naturelles, et qui impatiente la raison, cette nation orgueilleuse, suivant les lois d'un faux honneur qu'elle a inventé, attache de la honte à recevoir de tout autre que du souverain ce qui est nécessaire au soutien de sa vie et de son état: ce souverain répand ses libéralités sur un si petit nombre de ses sujets, en comparaison de la quantité des malheureux, qu'il y aurait autant de folie à prétendre y avoir part, que d'ignominie à se délivrer par la mort de l'impossibilité de vivre sans honte. La connaissance de ces tristes vérités n'excita d'abord dans mon cœur que de la pitié pour les misérables, et de l'indignation contre les lois. Mais hélas! que la manière méprisante dont j'entendis parler de ceux qui ne sont pas riches, me fit faire de cruelles réflexions sur moi-même! Je n'ai ni or, ni terres, ni industrie, je fais nécessairement partie des citoyens de cette ville. O ciel! dans quelle classe dois-je me ranger?

Quoique tout sentiment de honte qui ne vient pas d'une faute commise me soit étranger, quoique je sente combien il est insensé d'en recevoir par des causes indépendantes de mon pouvoir ou de ma volonté, je ne puis me défendre de souffrir de l'idée que les autres ont de moi: cette peine me serait insupportable, si je n'espérais qu'un jour ta générosité me mettra en état de récompenser ceux qui m'humilient malgré moi par des bienfaits dont je me croyais honorée.

Ce n'est pas que Céline ne mette tout en œuvre pour calmer mes inquiétudes à cet égard; mais ce que je vois, ce que j'apprends des gens de ce pays me donne en général de la défiance de leurs paroles; leurs vertus, mon cher Aza, n'ont pas plus de réalité que leurs richesses. Les meubles que je croyais d'or n'en ont que la superficie; leur véritable substance est de bois; de même ce qu'ils appellent politesse cache légèrement leurs défauts sous les dehors de la vertu; mais avec un peu d'attention on en découvre aussi aisément l'artifice que celui de leurs fausses richesses.

Je dois une partie de ces connaissances à une sorte d'écriture que l'on appelle *livres*; quoique je trouve encore beaucoup de difficultés à comprendre ce qu'ils contiennent, ils me sont fort utiles, j'en tire des notions. Céline m'explique ce qu'elle en sait, et j'en compose des idées que je crois justes.

Quelques-uns de ces livres apprennent ce que les hommes ont fait, et d'autres ce qu'ils ont pensé. Je ne puis t'exprimer, mon cher Aza, l'excellence du plaisir que je trouverais à les lire, si je les entendais mieux, ni le désir extrême que j'ai de connaître quelques-uns des hommes divins qui les composent. Je comprends qu'ils sont à l'âme ce que le Soleil est à la terre, et que je trouverais avec eux toutes les lumières, tous les secours dont j'ai besoin, mais je ne vois nul espoir d'avoir jamais cette satisfaction. Quoique Céline lise assez souvent, elle n'est pas assez instruite pour me satisfaire; à peine avait-elle pensé que les livres fussent faits par des hommes; elle en ignore les noms, et même s'ils vivent encore.

Je te porterai, mon cher Aza, tout ce que je pourrai amasser de ces merveilleux ouvrages, je te les expliquerai dans notre langue, je goûterai la suprême félicité de donner un plaisir nouveau à ce que j'aime. Hélas! le pourrai-je jamais?

XXI

Je ne manquerai plus de matière pour t'entretenir, mon cher Aza; on m'a fait parler à un *Cusipata*, que l'on nomme ici *religieux*; instruit de tout, il m'a promis de ne me rien laisser ignorer. Poli comme un grand seigneur, savant comme un *Amauta*, il sait aussi parfaitement les usages du monde que les dogmes de sa religion. Son entretien, plus utile qu'un livre, m'a donné une satisfaction que je n'avais pas goûtée depuis que mes malheurs m'ont séparée de toi.

Il venait pour m'instruire de la religion de France, et m'exhorter à l'embrasser.

De la façon dont il m'a parlé des vertus qu'elle prescrit, elles sont tirées de la loi naturelle, et en vérité aussi pures que les nôtres; mais je n'ai pas l'esprit assez subtil pour apercevoir le rapport que devraient avoir avec elle les mœurs et les usages de la nation, j'y trouve au contraire une inconséquence si remarquable que ma raison refuse absolument de s'y prêter.

A l'égard de l'origine et des principes de cette religion, ils ne m'ont pas paru plus incroyables que l'histoire de *Mancocapa* et du marais *Tisicaca*,[48] et la morale en est si

---

[48]Voyez l'*Histoire des Incas* [Garcilaso, *Royal Commentaries* 189–90; see note 32].

belle, que j'aurais écouté le *Cusipata* avec plus de complaisance, s'il n'eût parlé avec mépris du culte sacré que nous rendons au Soleil; toute partialité détruit la confiance. J'aurais pu appliquer à ses raisonnements ce qu'il opposait aux miens: mais si les lois de l'humanité défendent de frapper son semblable, parce que c'est lui faire un mal, à plus forte raison ne doit-on pas blesser son âme par le mépris de ses opinions. Je me contentai de lui expliquer mes sentiments sans contrarier les siens.

D'ailleurs un intérêt plus cher me pressait de changer le sujet de notre entretien: je l'interrompis dès qu'il me fut possible, pour faire des questions sur l'éloignement de la ville de Paris à celle de *Cuzco*, et sur la possibilité d'en faire le trajet. Le *Cusipata* y satisfit avec bonté, et quoiqu'il me désignât la distance de ces deux villes d'une façon désespérante, quoiqu'il me fît regarder comme insurmontable la difficulté d'en faire le voyage, il me suffit de savoir que la chose était possible pour affermir mon courage et me donner la confiance de communiquer mon dessein au bon religieux.

Il en parut étonné, il s'efforça de me détourner d'une telle entreprise avec des mots si doux, qu'il m'attendrit moi-même sur les périls auxquels je m'exposerais; cependant ma résolution n'en fut point ébranlée. Je priai le *Cusipata* avec les plus vives instances de m'enseigner les moyens de retourner dans ma patrie. Il ne voulut entrer dans aucun détail, il me dit seulement que Déterville, par sa haute naissance et par son mérite personnel, étant dans une grande considération, pourrait tout ce qu'il voudrait; et qu'ayant un oncle tout-puissant à la cour d'Espagne, il pouvait plus aisément que personne me procurer des nouvelles de nos malheureuses contrées.

Pour achever de me déterminer à attendre son retour, qu'il m'assura être prochain, il ajouta qu'après les obligations que j'avais à ce généreux ami, je ne pouvais avec honneur disposer de moi sans son consentement. J'en tombai d'accord, et j'écoutai avec plaisir l'éloge qu'il me fit des rares qualités qui distinguent Déterville des personnes de son rang. Le poids de la reconnaissance est bien léger, mon cher Aza, quand on ne le reçoit que des mains de la vertu.

Le savant homme m'apprit aussi comment le hasard avait conduit les Espagnols jusqu'à ton malheureux empire, et que la soif de l'or était la seule cause de leur cruauté. Il m'expliqua ensuite de quelle façon le droit de la guerre m'avait fait tomber entre les mains de Déterville par un combat dont il était sorti victorieux, après avoir pris plusieurs vaisseaux aux Espagnols, entre lesquels était celui qui me portait.

Enfin, mon cher Aza, s'il a confirmé mes malheurs, il m'a du moins tirée de la cruelle obscurité où je vivais sur tant d'événements funestes, et ce n'est pas un petit soulagement à mes peines. J'attends le reste du retour de Déterville: il est humain, noble, vertueux, je dois compter sur sa générosité. S'il me rend à toi, quel bienfait! quelle joie! quel bonheur!

XXII

J'avais compté, mon cher Aza, me faire un ami du savant *Cusipata*, mais une seconde visite qu'il m'a faite a détruit la bonne opinion que j'avais prise de lui dans la première. Si d'abord il m'avait paru doux et sincère, cette fois je n'ai trouvé que de la rudesse et de la fausseté dans tout ce qu'il m'a dit.

L'esprit tranquille sur les intérêts de ma tendresse, je voulus satisfaire ma curiosité sur les hommes merveilleux qui font des livres; je commençai par m'informer du rang qu'ils tiennent dans le monde, de la vénération que l'on a pour eux, enfin des honneurs ou des triomphes qu'on leur décerne pour tant de bienfaits qu'ils répandent dans la société.

Je ne sais ce que le *Cusipata* trouva de plaisant dans mes questions, mais il sourit à chacune, et n'y répondit que par des discours si peu mesurés, qu'il ne me fut pas difficile de voir qu'il me trompait.

En effet, si je l'en crois, ces hommes, sans contredit au-dessus des autres par la noblesse et l'utilité de leur travail, restent souvent sans récompense, et sont obligés, pour l'entretien de leur vie, de vendre leurs pensées, ainsi que le peuple vend, pour subsister, les plus viles productions de la terre. Cela peut-il être!

La tromperie, mon cher Aza, ne me déplaît guère moins sous le masque transparent de la plaisanterie que sous le voile épais de la séduction: celle du religieux m'indigna, et je ne daignai pas y répondre.

Ne pouvant me satisfaire, je remis la conversation sur le projet de mon voyage, mais au lieu de m'en détourner avec la même douceur que la première fois, il m'opposa des raisonnements si forts et si convaincants, que je ne trouvai que ma tendresse pour toi qui pût les combattre, je ne balançai pas à lui en faire l'aveu.

D'abord il prit une mine gaie, et paraissant douter de la vérité de mes paroles, il ne me répondit que par des railleries, qui, tout insipides qu'elles étaient, ne laissèrent pas de m'offenser; je m'efforçai de le convaincre de la vérité; mais à mesure que les expressions de mon cœur en prouvaient les sentiments, son visage et ses paroles devinrent sévères; il osa me dire que mon amour pour toi était incompatible avec la vertu, qu'il fallait renoncer à l'un ou à l'autre, enfin que je ne pouvais t'aimer sans crime.

A ces paroles insensées, la plus vive colère s'empara de mon âme, j'oubliai la modération que je m'étais prescrite, je l'accablai de reproches, je lui appris ce que je pensais de la fausseté de ses paroles, je lui protestai mille fois de t'aimer toujours, et sans attendre ses excuses, je le quittai, et je courus m'enfermer dans ma chambre, où j'étais sûre qu'il ne pourrait me suivre.

O mon cher Aza, que la raison de ce pays est bizarre! Elle convient en général que la première des vertus est de faire du bien; d'être fidèle à ses engagements; elle défend en particulier de tenir ceux que le sentiment le plus pur a formés. Elle ordonne la reconnaissance, et semble prescrire l'ingratitude.

Je serais louable si je te rétablissais sur le trône de tes pères, je suis criminelle en te conservant un bien plus précieux que tous les empires du monde.

On m'approuverait si je récompensais tes bienfaits par les trésors du Pérou. Dépourvue de tout, dépendante de tout, je ne possède que ma tendresse, on veut que je te la ravisse, il faut être ingrate pour avoir de la vertu. Ah! mon cher Aza! je les trahirais toutes si je cessais un moment de t'aimer. Fidèle à leurs lois je le serai à mon amour; je ne vivrai que pour toi.

XXIII

Je crois, mon cher Aza, qu'il n'y a que la joie de te voir qui pourrait l'emporter sur celle que m'a causée le retour de Déterville; mais comme s'il ne m'était plus permis d'en goûter sans mélange, elle a été bientôt suivie d'une tristesse qui dure encore.

Céline était hier matin dans ma chambre, quand on vint mystérieusement l'appeler: il n'y avait pas longtemps qu'elle m'avait quittée, lorsqu'elle me fit dire de me rendre au parloir; j'y courus: quelle fut ma surprise d'y trouver son frère avec elle!

Je ne dissimulai point le plaisir que j'eus de le voir, je lui dois de l'estime et de l'amitié; ces sentiments sont presque des vertus, je les exprimai avec autant de vérité que je les sentais.

Je voyais mon libérateur, le seul appui de mes espérances; j'allais parler sans contrainte de toi, de ma tendresse, de mes desseins, ma joie allait jusqu'au transport.

Je ne parlais pas encore français lorsque Déterville partit; combien de choses n'avais-je pas à lui apprendre? combien d'éclaircissements à lui demander, combien de reconnaissance à lui témoigner? Je voulais tout dire à la fois, je disais mal, et cependant je parlais beaucoup.

Je m'aperçus pendant ce temps-là que la tristesse qu'en entrant j'avais remarquée sur le visage de Déterville se dissipait et faisait place à la joie: je m'en applaudissais; elle m'animait à l'exciter encore. Hélas! devais-je craindre d'en donner trop à un ami à qui je dois tout, et de qui j'attends tout? cependant ma sincérité le jeta dans une erreur qui me coûte à présent bien des larmes.

Céline était sortie en même temps que j'étais entrée; peut-être sa présence aurait-elle épargné une explication si cruelle.

Déterville, attentif à mes paroles, paraissait se plaire à les entendre, sans songer à m'interrompre: je ne sais quel trouble me saisit, lorsque je voulus lui demander des instructions sur mon voyage, et lui en expliquer le motif; mais les expressions me manquèrent, je les cherchais; il profita d'un moment de silence, et mettant un genou en terre devant la grille à laquelle ses deux mains étaient attachées, il me dit d'une voix émue: A quel sentiment, divine Zilia, dois-je attribuer le plaisir que je vois aussi naïvement exprimé dans vos beaux yeux que dans vos discours? Suis-je le plus heureux des hommes au moment même où ma sœur vient de me faire entendre que j'étais le plus à plaindre? Je ne sais, lui répondis-je, quel chagrin Céline a pu vous donner; mais je suis bien assurée que vous n'en recevrez jamais de ma part. Cependant, répliqua-t-il, elle m'a dit que je ne devais pas espérer d'être aimé de vous. Moi! m'écriai-je en l'interrompant, moi, je ne vous aime point!

Ah, Déterville! comment votre sœur peut-elle me noircir d'un tel crime? L'ingratitude me fait horreur: je me haïrais moi-même, si je croyais pouvoir cesser de vous aimer.

Pendant que je prononçais ce peu de mots, il semblait, à l'avidité de ses regards, qu'il voulait lire dans mon âme.

Vous m'aimez, Zilia, me dit-il, vous m'aimez, et vous me le dites! Je donnerais ma vie pour entendre ce charmant aveu; hélas! je ne puis le croire, lors même que je l'entends. Zilia, ma chère Zilia, est-il bien vrai que vous m'aimez? ne vous trompez-vous pas vous-même? votre ton, vos yeux, mon cœur, tout me séduit. Peut-être n'est-

ce que pour me replonger plus cruellement dans le désespoir dont je sors.

Vous m'étonnez, repris-je; d'où naît votre défiance?
Depuis que je vous connais, si je n'ai pu me faire entendre par des paroles, toutes mes actions n'ont-elles pas dû
vous prouver que je vous aime? Non, répliqua-t-il, je ne
puis encore me flatter: vous ne parlez pas assez bien le
français pour détruire mes justes craintes; vous ne cherchez point à me tromper, je le sais. Mais expliquez-moi
quel sens vous attachez à ces mots adorables: *Je vous aime*.
Que mon sort soit décidé, que je meure à vos pieds de
douleur ou de plaisir.

Ces mots, lui dis-je un peu intimidée par la vivacité
avec laquelle il prononça ces dernières paroles, ces mots
doivent, je crois, vous faire entendre que vous m'êtes
cher, que votre sort m'intéresse, que l'amitié et la reconnaissance m'attachent à vous; ces sentiments plaisent à
mon cœur et doivent satisfaire le vôtre.

Ah, Zilia! me répondit-il, que vos termes s'affaiblissent!
que votre ton se refroidit! Céline m'aurait-elle dit la vérité?
N'est-ce point pour Aza que vous sentez tout ce que vous
dites? Non, lui dis-je, le sentiment que j'ai pour Aza est
tout différent de ceux que j'ai pour vous, c'est ce que vous
appelez l'amour . . . Quelle peine cela peut-il vous faire,
ajoutai-je, en le voyant pâlir, abandonner la grille, et jeter
au ciel des regards remplis de douleur, j'ai de l'amour pour
Aza parce qu'il en a pour moi, et que nous devions être

unis. Il n'y a là-dedans nul rapport avec vous. Les mêmes, s'écria-t-il, que vous trouvez entre vous et lui, puisque j'ai mille fois plus d'amour qu'il n'en ressentit jamais.

Comment cela se pourrait-il? repris-je. Vous n'êtes point de ma nation; loin que vous m'ayez choisie pour votre épouse, le hasard seul nous a réunis, et ce n'est même que d'aujourd'hui que nous pouvons librement nous communiquer nos idées. Par quelle raison auriez-vous pour moi les sentiments dont vous parlez?

En faut-il d'autres que vos charmes et mon caractère, me répliqua-t-il, pour m'attacher à vous jusqu'à la mort? Né tendre, paresseux, ennemi de l'artifice, les peines qu'il aurait fallu me donner pour pénétrer le cœur des femmes, et la crainte de n'y pas trouver la franchise que j'y désirais, ne m'ont laissé pour elles qu'un goût vague ou passager; j'ai vécu sans passion jusqu'au moment où je vous ai vue; votre beauté me frappa; mais son impression aurait peut-être été aussi légère que celle de beaucoup d'autres, si la douceur et la naïveté de votre caractère ne m'avaient pré-senté l'objet que mon imagination m'avait si souvent composé. Vous savez, Zilia, si je l'ai respecté cet objet de mon adoration. Que ne m'en a-t-il pas coûté pour résister aux occasions séduisantes que m'offrait la familiarité d'une longue navigation! Combien de fois votre inno-cence vous aurait-elle livrée à mes transports, si je les eusse écoutés? Mais, loin de vous offenser, j'ai poussé la discrétion jusqu'au silence; j'ai même exigé de ma sœur qu'elle ne vous parlerait pas de mon amour; je n'ai rien voulu devoir qu'à vous-même. Ah, Zilia! si vous n'êtes point touchée d'un respect si tendre, je vous fuirai; mais je le sens, ma mort sera le prix du sacrifice.

Votre mort! m'écriai-je, pénétrée de la douleur sincère dont je le voyais accablé: hélas! quel sacrifice! je ne sais si celui de ma vie ne me serait pas moins affreux.

Eh bien, Zilia, me dit-il, si ma vie vous est chère, ordonnez donc que je vive? Que faut-il faire? lui dis-je. M'aimer, répondit-il, comme vous aimiez Aza. Je l'aime toujours de même, lui répliquai-je, et je l'aimerai jusqu'à la mort: je ne sais, ajoutai-je, si vos lois vous permettent d'aimer deux objets de la même manière, mais nos usages et mon cœur me le défendent. Contentez-vous des sentiments que je vous promets, je ne puis en avoir d'autres; la vérité m'est chère, je vous la dis sans détour.

De quel sang-froid vous m'assassinez! s'écria-t-il. Ah, Zilia! que je vous aime, puisque j'adore jusqu'à votre cruelle franchise. Eh bien, continua-t-il après avoir gardé quelques moments le silence, mon amour surpassera votre cruauté. Votre bonheur m'est plus cher que le mien. Parlez-moi avec cette sincérité qui me déchire sans ménagement. Quelle est votre espérance sur l'amour que vous conservez pour Aza?

Hélas! lui dis-je, je n'en ai qu'en vous seul! Je lui expliquai ensuite comment j'avais appris que la communication aux Indes n'était pas impossible; je lui dis que je m'étais flattée qu'il me procurerait les moyens d'y retourner, ou tout au moins qu'il aurait assez de bonté pour faire passer jusqu'à toi des nœuds qui t'instruiraient de mon sort, et pour m'en faire avoir les réponses, afin qu'instruite de ta destinée, elle serve de règle à la mienne.

Je vais prendre, me dit-il avec un sang-froid affecté, les mesures nécessaires pour découvrir le sort de votre amant, vous serez satisfaite à cet égard. Cependant vous vous flatteriez en vain de revoir l'heureux Aza, des obstacles invincibles vous séparent.

Ces mots, mon cher Aza, furent un coup mortel pour mon cœur, mes larmes coulèrent en abondance, elles m'empêchèrent longtemps de répondre à Déterville, qui de son côté gardait un morne silence. Eh bien, lui dis-je enfin, je ne le verrai plus, mais je n'en vivrai pas moins pour lui: si votre amitié est assez généreuse pour nous procurer quelque correspondance, cette satisfaction suffira pour me rendre la vie moins insupportable, et je mourrai contente, pourvu que vous me promettiez de lui faire savoir que je suis morte en l'aimant.

Ah! c'en est trop, s'écria-t-il en se levant brusquement: oui, s'il est possible, je serai le seul malheureux. Vous connaîtrez ce cœur que vous dédaignez; vous verrez de quels efforts est capable un amour tel que le mien, et je vous forcerai au moins à me plaindre. En disant ces mots il sortit et me laissa dans un état que je ne comprends pas encore; j'étais demeurée debout, les yeux attachés sur la porte par où Déterville venait de sortir, abîmée dans une confusion de pensées que je ne cherchais pas même à démêler: j'y serais restée longtemps, si Céline ne fût entrée dans le parloir.

Elle me demanda vivement pourquoi Déterville était sorti si tôt. Je ne lui cachai pas ce qui s'était passé entre nous. D'abord elle s'affligea de ce qu'elle appelait le malheur de son frère. Ensuite, tournant sa douleur en colère, elle m'accabla des plus durs reproches, sans que j'osasse y opposer un seul mot. Qu'aurais-je pu lui dire? mon trouble me laissait à peine la liberté de penser; je sortis, elle ne me suivit point. Retirée dans ma chambre, j'y suis restée un jour sans oser paraître, sans avoir eu de nouvelles de personne, et dans un désordre d'esprit qui ne me permettait pas même de t'écrire.

La colère de Céline, le désespoir de son frère, ses dernières paroles, auxquelles je voulais et auxquelles je n'osai donner un sens favorable, livrèrent mon âme tour à tour aux plus cruelles inquiétudes.

J'ai cru enfin que le seul moyen de les adoucir était de te les peindre, de t'en faire part, de chercher dans ta tendresse les conseils dont j'ai besoin; cette erreur m'a soutenue pendant que j'écrivais; mais qu'elle a peu duré! Ma lettre est finie, et les caractères n'en sont tracés que pour moi.

Tu ignores ce que je souffre; tu ne sais pas même si j'existe, si je t'aime. Aza, mon cher Aza, ne le sauras-tu jamais?

XXIV

Je pourrais encore appeler une absence le temps qui s'est écoulé, mon cher Aza, depuis la dernière fois que je t'ai écrit.

Quelques jours après l'entretien que j'eus avec Déterville, je tombai dans une maladie que l'on nomme la *fièvre*. Si, comme je le crois, elle a été causée par les passions douloureuses qui m'agitèrent alors, je ne doute pas qu'elle n'ait été prolongée par les tristes réflexions dont je suis occupée, et par le regret d'avoir perdu l'amitié de Céline.

Quoiqu'elle ait paru s'intéresser à ma maladie, qu'elle m'ait rendu tous les soins qui dépendaient d'elle, c'était d'un air si froid, elle a eu si peu de ménagement pour mon âme, que je ne puis douter de l'altération de ses sentiments. L'extrême amitié qu'elle a pour son frère l'indispose contre moi, elle me reproche sans cesse de le rendre malheureux: la honte de paraître ingrate m'intimide, les bontés affectées de Céline me gênent, mon embarras la contraint, la douceur et l'agrément sont bannis de notre commerce.

Malgré tant de contrariété et de peine de la part du frère et de la sœur, je ne suis pas insensible aux événements qui changent leurs destinées.

La mère de Déterville est morte. Cette mère dénaturée n'a point démenti son caractère, elle a donné tout son bien à son fils aîné. On espère que les gens de lois empêcheront l'effet de cette injustice. Déterville, désintéressé par lui-même, se donne des peines infinies pour tirer Céline de l'oppression. Il semble que son malheur redouble son amitié pour elle; outre qu'il vient la voir tous les jours, il lui écrit soir et matin. Ses lettres sont remplies de plaintes si tendres contre moi, d'inquiétudes si vives sur ma santé, que quoique Céline affecte, en me les lisant, de ne vouloir que m'instruire du progrès de leurs affaires, je démêle aisément son véritable motif.

Je ne doute pas que Déterville ne les écrive afin qu'elles me soient lues; néanmoins je suis persuadée qu'il s'en abstiendrait, s'il était instruit des reproches dont cette lecture est suivie. Ils font leur impression sur mon cœur. La tristesse me consume.

Jusqu'ici, au milieu des orages, je jouissais de la faible satisfaction de vivre en paix avec moi-même: aucune tache ne souillait la pureté de mon âme, aucun remords ne la troublait; à présent je ne puis penser sans une sorte de mépris pour moi-même que je rends malheureuses deux personnes auxquelles je dois la vie; que je trouble le repos dont elles jouiraient sans moi, que je leur fais tout le mal qui est en mon pouvoir, et cependant je ne puis ni ne veux cesser d'être criminelle. Ma tendresse pour toi triomphe de mes remords, Aza, que je t'aime!

XXV

Que la prudence est quelquefois nuisible, mon cher Aza!
J'ai résisté longtemps aux pressantes instances que Déterville m'a fait faire de lui accorder un moment d'entretien.
Hélas! je fuyais mon bonheur. Enfin, moins par complaisance que par lassitude de disputer avec Céline, je me suis
laissé conduire au parloir. A la vue du changement affreux
qui rend Déterville presque méconnaissable, je suis restée
interdite; je me repentais déjà de ma démarche, j'attendais en tremblant les reproches qu'il me paraissait en droit
de me faire. Pouvais-je deviner qu'il allait combler mon
âme de plaisir?

Pardonnez-moi, Zilia, m'a-t-il dit, la violence que je
vous fais; je ne vous aurais pas obligée à me voir, si je ne
vous apportais autant de joie que vous me causez de douleur. Est-ce trop exiger qu'un moment de votre vue, pour
récompense du cruel sacrifice que je vous fais? Et sans
me donner le temps de répondre: Voici, continua-t-il, une
lettre de ce parent dont on vous a parlé: en vous apprenant le sort d'Aza, elle vous prouvera mieux que tous
mes serments quel est l'excès de mon amour; et tout de
suite il me fit la lecture de cette lettre. Ah! mon cher Aza,
ai-je pu l'entendre sans mourir de joie? Elle m'apprend
que tes jours sont conservés, que tu es libre, que tu vis
sans péril à la cour d'Espagne. Quel bonheur inespéré!

Cette admirable lettre est écrite par un homme qui te connaît, qui te voit, qui te parle; peut-être tes regards ont-ils été attachés un moment sur ce précieux papier? Je ne pouvais en arracher les miens; je n'ai retenu qu'à peine des cris de joie prêts à m'échapper; les larmes de l'amour inondaient mon visage.

Si j'avais suivi les mouvements de mon cœur, cent fois j'aurais interrompu Déterville pour lui dire tout ce que la reconnaissance m'inspirait; mais je n'oubliais point que mon bonheur devait augmenter ses peines; je lui cachai mes transports, il ne vit que mes larmes.

Eh bien, Zilia, me dit-il après avoir cessé de lire, j'ai tenu ma parole, vous êtes instruite du sort d'Aza; si ce n'est point assez, que faut-il faire de plus? Ordonnez sans contrainte, il n'est rien que vous ne soyez en droit d'exiger de mon amour, pourvu qu'il contribue à votre bonheur.

Quoique je dusse m'attendre à cet excès de bonté, elle me surprit et me toucha.

Je fus quelques moments embarrassée de ma réponse, je craignais d'irriter la douleur d'un homme si généreux. Je cherchais des termes qui exprimassent la vérité de mon cœur sans offenser la sensibilité du sien, je ne les trouvais pas, il fallait parler.

Mon bonheur, lui dis-je, ne sera jamais sans mélange, puisque je ne puis concilier les devoirs de l'amour avec ceux de l'amitié; je voudrais regagner la vôtre et celle de Céline, je voudrais ne vous point quitter, admirer sans cesse vos vertus, payer tous les jours de ma vie le tribut de reconnaissance que je dois à vos bontés. Je sens qu'en m'éloignant de deux personnes si chères j'emporterai des regrets éternels. Mais . . . Quoi! Zilia, s'écria-t-il, vous voulez nous quitter! Ah! je n'étais point préparé à cette funeste résolution; je manque de courage pour la soutenir. J'en avais assez pour vous voir ici dans les bras de mon rival. L'effort de ma raison, la délicatesse de mon amour m'avaient affermi contre ce coup mortel; je l'aurais préparé moi-même, mais je ne puis me séparer de vous, je ne puis renoncer à vous voir; non, vous ne partirez point, continua-t-il avec emportement, n'y comptez pas, vous abusez de ma tendresse, vous déchirez sans pitié un cœur perdu d'amour. Zilia, cruelle Zilia, voyez mon désespoir, c'est votre ouvrage. Hélas! de quel prix payez-vous l'amour le plus pur!

C'est vous, lui dis-je, effrayée de sa résolution, c'est vous que je devrais accuser. Vous flétrissez mon âme en la forçant d'être ingrate; vous désolez mon cœur par une sensibilité infructueuse. Au nom de l'amitié, ne ternissez pas une générosité sans exemple par un désespoir qui ferait l'amertume de ma vie sans vous rendre heureux. Ne condamnez point en moi le même sentiment que vous ne pouvez surmonter, ne me forcez pas à me plaindre de vous, laissez-moi chérir votre nom, le porter au bout du monde, et le faire révérer à des peuples adorateurs de la vertu.

Je ne sais comment je prononçai ces paroles; mais Déterville, fixant ses yeux sur moi, semblait ne me point regarder; renfermé en lui-même, il demeura longtemps dans une profonde méditation; de mon côté, je n'osais l'interrompre: nous observions un égal silence, quand il reprit la parole et me dit avec une espèce de tranquillité: Oui, Zilia, je reconnais, je sens toute mon injustice; mais renonce-t-on de sang-froid à la vue de tant de charmes! Vous le voulez, vous serez obéie. Quel sacrifice, ô ciel! Mes tristes jours s'écouleront, finiront sans vous voir! Au moins si la mort . . . N'en parlons plus, ajouta-t-il en s'interrompant; ma faiblesse me trahirait, donnez-moi deux jours pour m'assurer de moi-même, je reviendrai vous voir, il est nécessaire que nous prenions ensemble des mesures pour votre voyage. Adieu, Zilia. Puisse l'heureux Aza sentir tout son bonheur! En même temps il sortit.

Je te l'avoue, mon cher Aza, quoique Déterville me soit cher, quoique je fusse pénétrée de sa douleur, j'avais trop d'impatience de jouir en paix de ma félicité pour n'être pas bien aise qu'il se retirât.

Qu'il est doux, après tant de peines, de s'abandonner à la joie! Je passai le reste de la journée dans les plus tendres ravissements. Je ne t'écrivis point, une lettre était trop peu pour mon cœur, elle m'aurait rappelé ton absence. Je te voyais, je te parlais, cher Aza! Que manquerait-il à mon bonheur, si tu avais joint à la précieuse lettre que j'ai reçue quelques gages de ta tendresse! Pourquoi ne l'as-tu pas fait? On t'a parlé de moi, tu es instruit de mon sort, et rien ne me parle de ton amour. Mais puis-je douter de ton cœur? Le mien m'en répond. Tu m'aimes, ta joie est égale à la mienne, tu brûles des mêmes feux, la même impatience te dévore; que la crainte s'éloigne de mon âme, que la joie y domine sans mélange. Cependant tu as embrassé la religion de ce peuple féroce. Quelle est-elle? Exige-t-elle que tu renonces à ma tendresse, comme celle de France voudrait que je renonçasse à la tienne? non, tu l'aurais rejetée.

Quoi qu'il en soit, mon cœur est sous tes lois; soumise à tes lumières, j'adopterai aveuglément tout ce qui pourra nous rendre inséparables. Que puis-je craindre? bientôt réunie à mon bien, à mon être, à mon tout, je ne penserai plus que par toi, je ne vivrai que pour t'aimer.

XXVI

C'est ici, mon cher Aza, que je te reverrai; mon bonheur s'accroît chaque jour par ses propres circonstances. Je sors de l'entrevue que Déterville m'avait assignée; quelque plaisir que je me sois fait de surmonter les difficultés du voyage, de te prévenir, de courir au-devant de tes pas, je le sacrifie sans regret au bonheur de te voir plus tôt.

Déterville m'a prouvé avec tant d'évidence que tu peux être ici en moins de temps qu'il ne m'en faudrait pour aller en Espagne, que, quoiqu'il m'ait laissé généreusement le choix, je n'ai pas balancé à t'attendre, le temps est trop cher pour le prodiguer sans nécessité.

Peut-être avant de me déterminer, aurais-je examiné cet avantage avec plus de soin, si je n'eusse tiré des éclaircissements sur mon voyage qui m'ont décidée en secret sur le parti que je prends, et ce secret je ne puis le confier qu'à toi.

Je me suis souvenue que pendant la longue route qui m'a conduite à Paris, Déterville donnait des pièces d'argent et quelquefois d'or dans tous les endroits où nous nous arrêtions. J'ai voulu savoir si c'était par obligation ou par simple libéralité. J'ai appris qu'en France, non seulement on fait payer la nourriture aux voyageurs, mais encore le repos.[49] Hélas! je n'ai pas la moindre partie de ce qui serait nécessaire pour contenter l'avidité de ce peuple intéressé; il faudrait le recevoir des mains de Déterville. Mais pourrais-je me résoudre à contracter volontairement un genre d'obligation, dont la honte va presque jusqu'à l'ignominie! Je ne le puis, mon cher Aza; cette raison seule m'aurait déterminée à demeurer ici; le plaisir de te voir plus promptement n'a fait que confirmer ma résolution.

Déterville a écrit devant moi au ministre d'Espagne. Il le presse de te faire partir avec une générosité qui me pénètre de reconnaissance et d'admiration.

---

[49]Les Incas avaient établi sur les chemins de grandes maisons où l'on recevait les voyageurs sans aucuns frais.

Quels doux moments j'ai passés pendant que Déterville écrivait! Quel plaisir d'être occupée des arrangements de ton voyage, de voir les apprêts de mon bonheur, de n'en plus douter!

Si d'abord il m'en a coûté pour renoncer au dessein que j'avais de te prévenir, je l'avoue, mon cher Aza, j'y trouve à présent mille sources de plaisir que je n'y avais pas aperçues. Plusieurs circonstances, qui ne me paraissaient d'aucune valeur pour avancer ou retarder mon départ, me deviennent intéressantes et agréables. Je suivais aveuglément le penchant de mon cœur; j'oubliais que j'allais te chercher au milieu de ces barbares Espagnols dont la seule idée me saisit d'horreur; je trouve une satisfaction infinie dans la certitude de ne les revoir jamais. La voix de l'amour éteignait celle de l'amitié; je goûte sans remords la douceur de les réunir. D'un autre côté, Déterville m'a assuré qu'il nous était à jamais impossible de revoir la ville du Soleil. Après le séjour de notre patrie, en est-il un plus agréable que celui de France? Il te plaira, mon cher Aza: quoique la sincérité en soit bannie, on y trouve tant d'agréments, qu'ils font oublier les dangers de la société.

Après ce que je t'ai dit de l'or, il n'est pas nécessaire de t'avertir d'en apporter, tu n'as que faire d'autre mérite; la moindre partie de tes trésors suffit pour te faire admirer et confondre l'orgueil des magnifiques indigents de ce royaume; tes vertus et tes sentiments ne seront estimés que de Déterville et de moi. Il m'a promis de te faire rendre mes nœuds et mes lettres; il m'a assuré que tu trouverais des interprètes pour t'expliquer les dernières. On vient me demander le paquet, il faut que je te quitte; adieu, cher espoir de ma vie: je continuerai à t'écrire: si je ne puis te faire passer mes lettres, je te les garderai. Comment supporterais-je la longueur de ton voyage, si je me privais du seul moyen que j'ai de m'entretenir de ma joie, de mes transports, de mon bonheur?

XXVII

Depuis que je sais mes lettres en chemin, mon cher Aza, je jouis d'une tranquillité que je ne connaissais plus. Je pense sans cesse au plaisir que tu auras à les recevoir, je vois tes transports, je les partage; mon âme ne reçoit de toutes parts que des idées agréables, et pour comble de joie, la paix est rétablie dans notre petite société.

Les juges ont rendu à Céline les biens dont sa mère l'avait privée. Elle voit son amant tous les jours, son mariage n'est retardé que par les apprêts qui y sont nécessaires. Au comble de ses vœux, elle ne pense plus à me quereller, et je lui en ai autant d'obligation que si je devais à son amitié les bontés qu'elle recommence à me témoigner. Quel qu'en soit le motif, nous sommes toujours redevables à ceux qui nous font éprouver un sentiment doux.

Ce matin elle m'en a fait sentir tout le prix par une complaisance qui m'a fait passer d'un trouble fâcheux à une tranquillité agréable.

On lui a apporté une quantité prodigieuse d'étoffes, d'habits, de bijoux de toutes espèces; elle est accourue dans ma chambre, m'a emmenée dans la sienne; et après m'avoir consultée sur les différentes beautés de tant d'ajustements, elle a fait elle-même un tas de ce qui avait le plus attiré mon attention, et d'un air empressé elle commandait déjà à nos *Chinas* de le porter chez moi, quand je m'y suis opposée de toutes mes forces. Mes instances n'ont d'abord servi qu'à la divertir; mais voyant que son obstination augmentait avec mes refus, je n'ai pu dissimuler davantage mon ressentiment.

Pourquoi, lui ai-je dit les yeux baignés de larmes, pourquoi voulez-vous m'humilier plus que je ne le suis? Je vous dois la vie, et tout ce que j'ai; c'est plus qu'il n'en faut pour ne point oublier mes malheurs. Je sais que, selon vos lois, quand les bienfaits ne sont d'aucune utilité à ceux qui les reçoivent, la honte en est effacée. Attendez donc que je n'en aie plus aucun besoin pour exercer votre générosité. Ce n'est pas sans répugnance, ajoutai-je d'un ton plus modéré, que je me conforme à des sentiments si peu naturels. Nos usages sont plus humains; celui qui reçoit s'honore autant que celui qui donne, vous m'avez appris à penser autrement, n'était-ce donc que pour me faire des outrages?

Cette aimable amie, plus touchée de mes larmes qu'irritée de mes reproches, m'a répondu d'un ton d'amitié: nous sommes bien éloignés, mon frère et moi, ma chère Zilia, de vouloir blesser votre délicatesse, il nous siérait mal de faire les magnifiques avec vous, vous le connaîtrez dans peu; je voulais seulement que vous partageassiez avec moi les présents d'un frère généreux; c'était le plus sûr moyen de lui en marquer ma reconnaissance; l'usage, dans le cas où je suis, m'autorisait à vous les offrir; mais puisque vous en êtes offensée, je ne vous en parlerai plus. Vous me le promettez donc? lui ai-je dit. Oui, m'a-t-elle répondu en souriant; mais permettez-moi d'écrire un mot à Déterville.

Je l'ai laissée faire, et la gaieté s'est rétablie entre nous; nous avons recommencé à examiner ses parures plus en détail, jusqu'au temps où on l'a demandée au parloir: elle voulait m'y mener; mais, mon cher Aza, est-il pour moi quelques amusements comparables à celui de t'écrire! Loin d'en chercher d'autres, j'appréhende ceux que le mariage de Céline me prépare.

Elle prétend que je quitte la maison religieuse pour demeurer dans la sienne quand elle sera mariée; mais, si j'en suis crue . . .

Aza, mon cher Aza, par quelle agréable surprise ma lettre fut-elle hier interrompue! hélas! je croyais avoir perdu pour jamais ces précieux monuments de notre ancienne splendeur, je n'y comptais plus, je n'y pensais même pas, j'en suis environnée, je les vois, je les touche, et j'en crois à peine mes yeux et mes mains.

Au moment où je t'écrivais, je vis entrer Céline, suivie de quatre hommes accablés sous le poids de gros coffres qu'ils portaient; ils les posèrent à terre et se retirèrent; je pensai que ce pouvait être de nouveaux dons de Déterville. Je murmurais déjà en secret, lorsque Céline me dit en me présentant les clefs: ouvrez, Zilia, ouvrez sans vous effaroucher, c'est de la part d'Aza. Je le crus. A ton nom est-il rien qui puisse arrêter mon empressement? J'ouvris avec précipitation, et ma surprise confirma mon erreur en reconnaissant tout ce qui s'offrit à ma vue pour des ornements du temple du Soleil.

Un sentiment confus, mêlé de tristesse et de joie, de plaisir et de regret, remplit tout mon cœur. Je me prosternai devant ces restes sacrés de notre culte et de nos Autels; je les couvris de respectueux baisers, je les arrosai de mes larmes; je ne pouvais m'en arracher, j'avais oublié jusqu'à la présence de Céline; elle me tira de mon ivresse, en me donnant une lettre qu'elle me pria de lire.

Toujours remplie de mon erreur, je la crus de toi; mes transports redoublèrent; mais quoique je la déchiffrasse avec peine, je connus bientôt qu'elle était de Déterville.

Il me sera plus aisé, mon cher Aza, de te la copier que de t'en expliquer le sens.

BILLET DE DETERVILLE

«Ces trésors sont à vous, belle Zilia, puisque je les ai trouvés sur le vaisseau qui vous portait. Quelques discussions arrivées entre les gens de l'équipage m'ont empêché jusqu'ici d'en disposer librement. Je voulais vous les présenter moi-même; mais les inquiétudes que vous avez témoignées ce matin à ma sœur ne me laissent plus le choix du moment. Je ne saurais trop tôt dissiper vos craintes; je préférerai toute ma vie votre satisfaction à la mienne.»

Je l'avoue en rougissant, mon cher Aza, je sentis moins alors la générosité de Déterville que le plaisir de lui donner des preuves de la mienne.

Je mis promptement à part un vase, que le hasard plus que la cupidité a fait tomber dans les mains des Espagnols. C'est le même, mon cœur l'a reconnu, que tes lèvres touchèrent le jour où tu voulus bien goûter du *aca*[50] préparé de ma main. Plus riche de ce trésor que de tous ceux qu'on me rendait, j'appelai les gens qui les avaient apportés: je voulais les leur faire reprendre pour les renvoyer à Déterville; mais Céline s'opposa à mon dessein.

Que vous êtes injuste, Zilia, me dit-elle. Quoi! vous voulez faire accepter des richesses immenses à mon frère, vous que l'offre d'une bagatelle offense; rappelez votre équité, si vous voulez en inspirer aux autres.

Ces paroles me frappèrent. Je craignis qu'il n'y eût dans mon action plus d'orgueil et de vengeance que de générosité. Que les vices sont près des vertus! J'avouai ma faute; j'en demandai pardon à Céline; mais

---

[50]Boisson des Indiens.

113

je souffrais trop de la contrainte qu'elle voulait m'imposer pour n'y pas chercher de l'adoucissement. Ne me punissez pas autant que je le mérite, lui dis-je d'un air timide; ne dédaignez pas quelques modèles du travail de nos malheureuses contrées; vous n'en avez aucun besoin, ma prière ne doit point vous offenser.

Tandis que je parlais, je remarquai que Céline regardait attentivement deux arbustes d'or chargés d'oiseaux et d'insectes d'un travail excellent: je me hâtai de les lui présenter avec une petite corbeille d'argent que je remplis de coquillages, de poissons et de fleurs les mieux imitées: elle les accepta avec une bonté qui me ravit.

Je choisis ensuite plusieurs idoles des nations vaincues[51] par tes ancêtres, et une petite statue[52] qui représentait une Vierge du Soleil; j'y joignis un tigre, un lion et d'autres animaux courageux, et je la priai de les envoyer à Déterville. Ecrivez-lui donc, me dit-elle en souriant; sans une lettre de votre part, les présents seraient mal reçus.

J'étais trop satisfaite pour rien refuser, j'écrivis tout ce que me dicta ma reconnaissance, et lorsque Céline fut sortie, je distribuai de petits présents à sa *China* et à la

---

[51]Les Incas faisaient déposer dans le temple du Soleil les idoles des peuples qu'ils soumettaient, après leur avoir fait accepter le culte du Soleil. Ils en avaient eux-mêmes, puisque l'Inca *Huayna* consulta l'idole de Rimace. *Histoire des Incas*, t. 1, p. 350 [Garcilaso, *Royal Commentaries 575*; see note 32].

[52]Les Incas ornaient leurs maisons de statues d'or de toute grandeur, et même de gigantesques.

mienne: j'en mis à part pour mon maître à écrire. Je goûtai enfin le délicieux plaisir de donner.

Ce n'a pas été sans choix, mon cher Aza; tout ce qui vient de toi, tout ce qui a des rapports intimes avec ton souvenir, n'est point sorti de mes mains. La chaise d'or[53] que l'on conservait dans le temple pour le jour des visites du *Capa-Inca* ton auguste père, placée d'un côté de ma chambre en forme de trône, me représente ta grandeur et la majesté de ton rang. La grande figure du Soleil, que je vis moi-même arracher du temple par les perfides Espagnols, suspendue au-dessus, excite ma vénération, je me prosterne devant elle, mon esprit l'adore, et mon cœur est tout à toi. Les deux palmiers que tu donnas au Soleil pour offrande et pour gage de la foi que tu m'avais jurée, placés aux deux côtés du trône, me rappellent sans cesse tes tendres serments.

Des fleurs,[54] des oiseaux répandus avec symétrie dans tous les coins de ma chambre, forment en raccourci l'image de ces magnifiques jardins où je me suis si souvent entretenue de ton idée. Mes yeux satisfaits ne s'arrêtent nulle part sans me rappeler ton amour, ma joie, mon bonheur, enfin tout ce qui fera jamais la vie de ma vie.

---

[53]Les Incas ne s'asseyaient que sur des sièges d'or massif.
[54]On a déjà dit que les jardins du temple et ceux des maisons royales étaient remplis de toutes sortes d'imitations en or et en argent. Les Péruviens imitaient jusqu'à l'herbe appelée *maïs*, dont ils faisaient des champs tout entiers.

XXVIII

Je n'ai pu résister, mon cher Aza, aux instances de Céline; il a fallu la suivre, et nous sommes depuis deux jours à sa maison de campagne, où son mariage fut célébré en arrivant.

Avec quelle violence et quels regrets ne me suis-je pas arrachée à ma solitude! A peine ai-je eu le temps de jouir de la vue des ornements précieux qui me la rendaient si chère, que j'ai été forcée de les abandonner; et pour combien de temps? Je l'ignore.

La joie et les plaisirs dont tout le monde paraît être enivré me rappellent avec plus de regret les jours paisibles que je passais à t'écrire, ou du moins à penser à toi: cependant je ne vis jamais des objets si nouveaux pour moi, si merveilleux, et si propres à me distraire; et avec l'usage passable que j'ai à présent de la langue du pays, je pourrais tirer des éclaircissements aussi amusants qu'utiles sur tout ce qui se passe sous mes yeux, si le bruit et le tumulte laissaient à quelqu'un assez de sang-froid pour répondre à mes questions: mais jusqu'ici je n'ai trouvé personne qui en eût la complaisance; et je ne suis guère moins embarrassée que je ne l'étais en arrivant en France.

La parure des hommes et des femmes est si brillante, si chargée d'ornements inutiles, les uns et les autres prononcent si rapidement ce qu'ils disent, que mon attention à les écouter m'empêche de les voir, et celle que j'emploie à les regarder m'empêche de les entendre. Je reste dans une espèce de stupidité qui fournirait sans doute beaucoup à leur plaisanterie, s'ils avaient le loisir de s'en apercevoir; mais ils sont si occupés d'eux-mêmes, que mon étonnement leur échappe. Il n'est que trop fondé, mon cher Aza, je vois ici des prodiges dont les ressorts sont impénétrables à mon imagination.

Je ne te parlerai pas de la beauté de cette maison, presque aussi grande qu'une ville, ornée comme un temple, et remplie d'un grand nombre de bagatelles agréables, dont je vois faire si peu d'usage que je ne puis me défendre de penser que les Français ont choisi le superflu pour l'objet de leur culte: on lui consacre les arts, qui sont ici tant au-dessus de la nature: ils semblent ne vouloir que l'imiter, ils la surpassent; et la manière dont ils font usage de ses productions paraît souvent supérieure à la sienne. Ils rassemblent dans les jardins, et presque dans un point de vue, les beautés qu'elle distribue avec économie sur la surface de la terre, et les éléments soumis semblent n'apporter d'obstacles à leurs entreprises que pour rendre leurs triomphes plus éclatants.

On voit la terre étonnée nourrir et élever dans son sein les plantes des climats les plus éloignés, sans besoin, sans nécessités apparentes que celles d'obéir aux arts et d'orner l'idole du superflu. L'eau, si facile à diviser, qui semble n'avoir de consistance que par les vaisseaux qui la contiennent, et dont la direction naturelle est de suivre toutes sortes de pentes, se trouve forcée ici à s'élancer rapidement dans les airs, sans guide, sans soutien, par sa propre force, et sans autre utilité que le plaisir des yeux.

Le feu, mon cher Aza, le feu, ce terrible élément, je l'ai vu, renonçant à son pouvoir destructeur, dirigé docilement par une puissance supérieure, prendre toutes les formes qu'on lui prescrit; tantôt dessinant un vaste tableau de lumière sur un ciel obscurci par l'absence du soleil, et tantôt nous montrant cet astre divin descendu sur la terre avec ses feux, son activité, sa lumière éblouissante, enfin dans un éclat qui trompe les yeux et le jugement. Quel art, mon cher Aza! Quels hommes! Quel génie! J'oublie tout ce que j'ai entendu, tout ce que j'ai vu de leur petitesse; je retombe malgré moi dans mon ancienne admiration.

XXIX

Ce n'est pas sans un véritable regret, mon cher Aza, que je passe de l'admiration du génie des Français au mépris de l'usage qu'ils en font. Je me plaisais de bonne foi à estimer cette nation charmante; mais je ne puis me refuser à l'évidence de ses défauts.

Le tumulte s'est enfin apaisé, j'ai pu faire des questions; on m'a répondu; il n'en faut pas davantage ici pour être instruite au-delà même de ce qu'on veut savoir. C'est avec une bonne foi et une légèreté hors de toute croyance que les Français dévoilent les secrets de la perversité de leurs mœurs. Pour peu qu'on les interroge, il ne faut ni finesse ni pénétration pour démêler que leur goût effréné pour le superflu a corrompu leur raison, leur cœur et leur esprit; qu'il a établi des richesses chimériques sur les ruines du nécessaire; qu'il a substitué une politesse superficielle aux bonnes mœurs, et qu'il remplace le bon sens et la raison par le faux brillant de l'esprit.

La vanité dominante des Français est celle de paraître opulents. Le génie, les arts, et peut-être les sciences, tout se rapporte au faste, tout concourt à la ruine des fortunes; et comme si la fécondité de leur génie ne suffisait pas pour en multiplier les objets, je sais d'eux-mêmes qu'au mépris des biens solides et agréables que la France produit en abondance, ils tirent à grands frais de toutes les parties du monde les meubles fragiles et sans usage qui font l'ornement de leurs maisons, les parures éblouissantes dont ils sont couverts, jusqu'aux mets et aux liqueurs qui composent leurs repas.

Peut-être, mon cher Aza, ne trouverais-je rien de condamnable dans l'excès de ces superfluités, si les Français avaient des trésors pour y satisfaire, ou qu'ils n'employassent à contenter leur goût que ce qui leur resterait après avoir établi leurs maisons sur une aisance honnête.

Nos lois, les plus sages qui aient été données aux hommes, permettent certaines décorations dans chaque état, qui caractérisent la naissance ou les richesses, et qu'à la rigueur on pourrait nommer du superflu; aussi n'est-ce que celui qui naît du dérèglement de l'imagination, celui qu'on ne peut soutenir sans manquer à l'humanité et à la justice, qui me paraît un crime; en un mot, c'est celui dont les Français sont idolâtres, et auquel ils sacrifient leur repos et leur honneur.

Il n'y a parmi eux qu'une classe de citoyens en état de porter le culte de l'idole à son plus haut degré de splendeur, sans manquer au devoir du nécessaire. Les grands ont voulu les imiter; mais ils ne sont que les martyrs de cette religion. Quelle peine! Quel embarras! Quel travail pour soutenir leur dépense au-delà de leurs revenus! Il y a peu de seigneurs qui ne mettent en usage plus d'industrie, de finesse et de supercherie pour se distinguer par de frivoles somptuosités, que leurs ancêtres n'ont employé de prudence, de valeur et de talents utiles à l'Etat pour illustrer leur propre nom. Et ne crois pas que je t'en impose, mon cher Aza, j'entends tous les jours avec indignation des jeunes gens se disputer entre eux la gloire d'avoir mis le plus de subtilité et d'adresse dans les manœuvres qu'ils emploient pour tirer les superfluités dont ils se parent, des mains de ceux qui ne travaillent que pour ne pas manquer du nécessaire.

Quel mépris de tels hommes ne m'inspireraient-ils pas pour toute la nation, si je ne savais d'ailleurs que les Français pèchent plus communément faute d'avoir une idée juste des choses, que faute de droiture: leur légèreté exclut presque toujours le raisonnement. Parmi eux rien n'est grave, rien n'a de poids; peut-être aucun n'a jamais réfléchi sur les conséquences déshonorantes de sa conduite. Il faut paraître riche, c'est une mode, une habitude, on la suit; un inconvénient se présente, on le surmonte par une injustice; on ne croit que triompher d'une difficulté; mais l'illusion va plus loin.

Dans la plupart des maisons, l'indigence et le superflu ne sont séparés que par un appartement. L'un et l'autre partagent les occupations de la journée, mais d'une manière bien différente. Le matin, dans l'intérieur du cabinet, la voix de la pauvreté se fait entendre par la bouche d'un homme payé pour trouver les moyens de les concilier avec la fausse opulence. Le chagrin et l'humeur président à ces entretiens, qui finissent ordinairement par le sacrifice du nécessaire, que l'on immole au superflu. Le reste du jour, après avoir pris un autre habit, un autre appartement, et presque un autre être, ébloui de sa propre magnificence, on est gai, on se dit heureux: on va même jusqu'à se croire riche.

J'ai cependant remarqué que quelques-uns de ceux qui étalent leur faste avec le plus d'affectation n'osent pas toujours croire qu'ils en imposent. Alors ils se plaisantent eux-mêmes sur leur propre indigence; ils insultent gaiement à la mémoire de leurs ancêtres, dont la sage économie se contentait de vêtements commodes, de parures et d'ameublements proportionnés à leurs revenus plus qu'à leur naissance. Leur famille, dit-on, et leurs domestiques jouissaient d'une abondance frugale et honnête. Ils dotaient leurs filles et ils établissaient sur des fondements solides la fortune du successeur de leur nom, et tenaient en réserve de quoi réparer l'infortune d'un ami, ou d'un malheureux.

Te le dirai-je, mon cher Aza, malgré l'aspect ridicule sous lequel on me présentait les mœurs de ces temps reculés, elles me plaisaient tellement, j'y trouvais tant de rapport avec la naïveté des nôtres, que me laissant entraîner à l'illusion, mon cœur tressaillait à chaque circonstance, comme si j'eusse dû, à la fin du récit, me trouver au milieu de nos chers citoyens. Mais, aux premiers applaudissements que j'ai donnés à ces coutumes si sages, les éclats de rire que je me suis attirés ont dissipé mon erreur, et je n'ai trouvé autour de moi que les Français insensés de ce temps-ci, qui font gloire du dérèglement de leur imagination.

La même dépravation qui a transformé les biens solides des Français en bagatelles inutiles n'a pas rendu moins superficiels les liens de leur société. Les plus sensés d'entre eux, qui gémissent de cette dépravation, m'ont assuré qu'autrefois, ainsi que parmi nous, l'honnêteté était dans l'âme, et l'humanité dans le cœur: cela peut être. Mais à présent, ce qu'ils appellent politesse leur tient lieu de sentiment: elle consiste dans une infinité de paroles sans signification, d'égards sans estime, et de soins sans affection.

Dans les grandes maisons, un domestique est chargé de remplir les devoirs de la société. Il fait chaque jour un chemin considérable pour aller dire à l'un que l'on est en peine de sa santé, à l'autre que l'on s'afflige de son chagrin, ou que l'on se réjouit de son plaisir. A son retour, on n'écoute point les réponses qu'il rapporte. On est convenu réciproquement de s'en tenir à la forme, de n'y mettre aucun intérêt; et ces attentions tiennent lieu d'amitié.

Les égards se rendent personnellement; on les pousse jusqu'à la puérilité: j'aurais honte de t'en parler, s'il ne fallait tout connaître d'une nation si singulière. On manquerait d'égards pour ses supérieurs, et même pour ses égaux, si après l'heure du repas que l'on vient de prendre familièrement avec eux, on satisfaisait aux besoins d'une soif pressante sans avoir demandé autant d'excuses que de permissions. On ne doit pas non plus laisser toucher son habit à celui d'une personne considérable, et ce serait lui manquer que de la regarder attentivement; mais ce serait bien pis si on manquait à la voir. Il me faudrait plus d'intelligence et plus de mémoire que je n'en ai pour te rapporter toutes les frivolités que l'on donne et que l'on reçoit pour des marques de considération, qui veut presque dire de l'estime.

A l'égard de l'abondance des paroles, tu entendras un jour, mon cher Aza, que l'exagération aussitôt désavouée que prononcée, est le fonds inépuisable de la conversation des Français. Ils manquent rarement d'ajouter un compliment superflu à celui qui l'était déjà, dans l'intention de persuader qu'ils n'en font point. C'est avec des flatteries outrées qu'ils protestent de la sincérité des louanges qu'ils prodiguent; et ils appuient leurs protestations d'amour et d'amitié de tant de termes inutiles, que l'on n'y reconnaît point le sentiment.

O mon cher Aza, que mon peu d'empressement à parler, que la simplicité de mes expressions doivent leur paraître insipides! Je ne crois pas que mon esprit leur inspire plus d'estime. Pour mériter quelque réputation à cet égard, il faut avoir fait preuve d'une grande sagacité à saisir les différentes significations des mots et à déplacer leur usage. Il faut exercer l'attention de ceux qui écoutent par la subtilité de pensées souvent impénétrables, ou bien en dérober l'obscurité, sous l'abondance des expressions frivoles. J'ai lu dans un de leurs meilleurs livres: *Que l'esprit du beau monde consiste à dire agréablement des riens, à ne se pas permettre le moindre propos sensé, si on ne le fait excuser par les grâces du discours; à voiler enfin la raison quand on est obligé de la produire.**

---

*[The quotation is taken from Charles Pinot Duclos, *Considerations sur les mœurs* (1750), ed. F. C. Green (Cambridge: Cambridge UP, 1946) 103. Duclos was a close friend and literary adviser to Graffigny at the time she was writing the present work. The original quotation starts, "Le *bon ton*, dans ceux qui ont le plus d'esprit, consiste" and concludes, "avec autant de soin que la pudeur en exigeoit autrefois, quand il s'agissoit d'exprimer quelque idée libre."]

Que pourrais-je te dire qui pût te prouver mieux que le bon sens et la raison, qui sont regardés comme le nécessaire de l'esprit, sont méprisés ici, comme tout ce qui est utile ? Enfin, mon cher Aza, sois assuré que le superflu domine si souverainement en France, que qui n'a qu'une fortune honnête est pauvre, qui n'a que des vertus est plat, et qui n'a que du bon sens est sot.

XXX

Le penchant des Français les porte si naturellement aux extrêmes, mon cher Aza, que Déterville, quoique exempt de la plus grande partie des défauts de sa nation, participe néanmoins à celui-là. Non content de tenir la promesse qu'il m'a faite de ne plus me parler de ses sentiments, il évite avec une attention marquée de se rencontrer auprès de moi. Obligés de nous voir sans cesse, je n'ai pas encore trouvé l'occasion de lui parler.

Quoique la compagnie soit toujours fort nombreuse et fort gaie, la tristesse règne sur son visage. Il est aisé de deviner que ce n'est pas sans violence qu'il subit la loi qu'il s'est imposée. Je devrais peut-être lui en tenir compte; mais j'ai tant de questions à lui faire sur les intérêts de mon cœur, que je ne puis lui pardonner son affectation à me fuir.

Je voudrais l'interroger sur la lettre qu'il a écrite en Espagne, et savoir si elle peut être arrivée à présent. Je voudrais avoir une idée juste du temps de ton départ, de celui que tu emploieras à faire ton voyage, afin de fixer celui de mon bonheur. Une espérance fondée est un bien réel, mais, mon cher Aza, elle est bien plus chère quand on en voit le terme.

Aucun des plaisirs qui occupent la compagnie ne m'affecte; ils sont trop bruyants pour mon âme; je ne jouis plus de l'entretien de Céline. Toute occupée de son nouvel époux, à peine puis-je trouver quelques moments pour lui rendre des devoirs d'amitié. Le reste de la compagnie ne m'est agréable qu'autant que je puis en tirer des lumières sur les différents objets de ma curiosité. Et je n'en trouve pas toujours l'occasion. Ainsi, souvent seule au milieu du monde, je n'ai d'amusements que mes pensées: elles sont toutes à toi, cher ami de mon cœur, tu seras à jamais le seul confident de mon âme, de mes plaisirs, et de mes peines.

XXXI

J'avais grand tort, mon cher Aza, de désirer si vivement un entretien avec Déterville. Hélas! il ne m'a que trop parlé; quoique je désavoue le trouble qu'il a excité dans mon âme, il n'est point encore effacé.

Je ne sais quelle sorte d'impatience se joignit hier à l'ennui que j'éprouve souvent. Le monde et le bruit me devinrent plus importuns qu'à l'ordinaire; jusqu'à la tendre satisfaction de Céline et de son époux, tout ce que je voyais m'inspirait une indignation approchant du mépris. Honteuse de trouver des sentiments si injustes dans mon cœur, j'allai cacher l'embarras qu'ils me causaient dans l'endroit le plus reculé du jardin.

A peine m'étais-je assise au pied d'un arbre, que des larmes involontaires coulèrent de mes yeux. Le visage caché dans mes mains, j'étais ensevelie dans une rêverie si profonde, que Déterville était à genoux à côté de moi avant que je l'eusse aperçu.

Ne vous offensez pas, Zilia, me dit-il; c'est le hasard qui m'a conduit à vos pieds, je ne vous cherchais pas. Importuné du tumulte, je venais jouir en paix de ma douleur. Je vous ai aperçue, j'ai combattu avec moi-même pour m'éloigner de vous, mais je suis trop malheureux pour l'être sans relâche, par pitié pour moi je me suis approché, j'ai vu couler vos larmes, je n'ai plus été le maître de mon cœur, cependant si vous m'ordonnez de vous fuir, je vous obéirai. Le pourrez-vous, Zilia? vous suis-je odieux? Non, lui dis-je, au contraire, asseyez-vous, je suis bien aise de trouver une occasion de m'expliquer. Depuis vos derniers bienfaits . . . N'en parlons point, interrompit-il vivement. Attendez, repris-je en l'interrompant à mon tour, pour être tout à fait généreux, il faut se prêter à la reconnaissance; je ne vous ai point parlé depuis que vous m'avez rendu les précieux ornements du temple où j'ai été enlevée. Peut-être en vous écrivant ai-je mal exprimé les sentiments qu'un tel excès de bonté m'inspirait; je veux . . . Hélas! interrompit-il encore, que la reconnaissance est peu flatteuse pour un cœur malheureux! Compagne de l'indifférence, elle ne s'allie que trop souvent avec la haine.

Qu'osez-vous penser? m'écriai-je: ah! Déterville, combien j'aurais de reproches à vous faire, si vous n'étiez pas tant à plaindre! bien loin de vous haïr, dès le premier moment où je vous ai vu, j'ai senti moins de répugnance à dépendre de vous que des Espagnols. Votre douceur et votre bonté me firent désirer dès lors de gagner votre amitié. A mesure que j'ai démêlé votre caractère, je me suis confirmée dans l'idée que vous méritiez toute la mienne, et, sans parler des extrêmes obligations que je vous ai, puisque ma reconnaissance vous blesse, comment aurais-je pu me défendre des sentiments qui vous sont dus?

Je n'ai trouvé que vos vertus dignes de la simplicité des nôtres. Un fils du Soleil s'honorerait de vos sentiments; votre raison est presque celle de la nature; combien de motifs pour vous chérir! jusqu'à la noblesse de votre figure, tout me plaît en vous; l'amitié a des yeux aussi bien que l'amour. Autrefois, après un moment d'absence, je ne vous voyais pas revenir sans qu'une sorte de sérénité ne se répandît dans mon cœur; pourquoi avez-vous changé ces innocents plaisirs en peines et en contraintes?

Votre raison ne paraît plus qu'avec effort. J'en crains sans cesse les écarts. Les sentiments dont vous m'entretenez gênent l'expression des miens; ils me privent du plai-

sir de vous peindre sans détour les charmes que je goûte-
rais dans votre amitié, si vous n'en troubliez la douceur.

Vous m'ôtez jusqu'à la volupté délicate de regarder mon
bienfaiteur, vos yeux embarrassent les miens, je n'y
remarque plus cette agréable tranquillité qui passait quelquefois jusqu'à mon âme: je n'y trouve plus qu'une
morne douleur qui me reproche sans cesse d'en être la
cause. Ah! Déterville, que vous êtes injuste, si vous
croyez souffrir seul!

Ma chère Zilia, s'écria-t-il en me baisant la main avec
ardeur, que vos bontés et votre franchise redoublent mes
regrets! Quel trésor que la possession d'un cœur tel que
le vôtre! Mais avec quel désespoir vous m'en faites sentir
la perte! Puissante Zilia, continua-t-il, quel pouvoir est le
vôtre! N'était-ce point assez de me faire passer de la profonde indifférence à l'amour excessif, de l'indolence à la
fureur, faut-il encore vaincre des sentiments que vous
avez fait naître? Le pourrai-je? Oui, lui dis-je, cet effort est
digne de vous, de votre cœur. Cette action juste vous
élève au-dessus des mortels. Mais pourrai-je y survivre?
reprit-il douloureusement: n'espérez pas au moins que je
serve de victime au triomphe de votre amant; j'irai loin
de vous, adorer votre idée; elle sera la nourriture amère
de mon cœur: je vous aimerai, et je ne vous verrai plus!
Ah! du moins n'oubliez pas . . .

Les sanglots étouffèrent sa voix; il se hâta de cacher
les larmes qui couvraient son visage; j'en répandais moi-

même; aussi touchée de sa générosité que de sa douleur, je pris une de ses mains que je serrai dans les miennes; non, lui dis-je, vous ne partirez point. Laissez-moi, mon ami, contentez-vous des sentiments que j'aurai toute ma vie pour vous; je vous aime presque autant que j'aime Aza, mais je ne puis jamais vous aimer comme lui.

Cruelle Zilia! s'écria-t-il avec transport, accompagne-rez-vous toujours vos bontés des coups les plus sensibles? Un mortel poison détruira-t-il sans cesse le charme que vous répandez sur vos paroles? Que je suis insensé de me livrer à leur douceur! Dans quel honteux abaissement je me plonge! C'en est fait, je me rends à moi-même, ajouta-t-il d'un ton ferme; adieu, vous verrez bientôt Aza. Puisse-t-il ne pas vous faire éprouver les tourments qui me dévorent, puisse-t-ıl être tel que vous le désirez et digne de votre cœur.

Quelles alarmes, mon cher Aza, l'air dont il prononça ces dernières paroles ne jeta-t-il pas dans mon âme! Je ne pus me défendre des soupçons qui se présentèrent en foule à mon esprit. Je ne doutai pas que Déterville ne fût mieux instruit qu'il ne voulait le paraître; qu'il ne m'eût caché quelques lettres qu'il pouvait avoir reçues d'Espa-gne; enfin, oserai-je le prononcer, que tu ne fusses infidèle.

Je lui demandai la vérité avec les dernières instances, tout ce que je pus tirer de lui ne fut que des conjectures vagues, aussi propres à confirmer qu'à détruire mes crain-tes. Cependant les réflexions qu'il fit sur l'inconstance des hommes, sur les dangers de l'absence, et sur la légèreté avec laquelle tu avais changé de religion, jetèrent quelque trouble dans mon âme.

Pour la première fois ma tendresse me devint un sentiment pénible, pour la première fois je craignis de perdre ton cœur. Aza, s'il était vrai! si tu ne m'aimais plus, ah, que jamais un tel soupçon ne souille la pureté de mon cœur! Non, je serais seule coupable, si je m'arrêtais un moment à cette pensée, indigne de ma candeur, de ta vertu, de ta constance. Non, c'est le désespoir qui a suggéré à Déterville ces affreuses idées. Son trouble et son égarement ne devaient-ils pas me rassurer? L'intérêt qui le faisait parler ne devait-il pas m'être suspect? Il me le fut, mon cher Aza: mon chagrin se tourna tout entier contre lui; je le traitai durement, il me quitta désespéré. Aza! je t'aime si tendrement! Non, jamais tu ne pourras m'oublier.

XXXII

Que ton voyage est long, mon cher Aza! Que je désire ardemment ton arrivée! Le terme m'en paraît plus vague que je ne l'avais encore envisagé; et je me garde bien de faire là-dessus aucune question à Déterville. Je ne puis lui pardonner la mauvaise opinion qu'il a de ton cœur. Celle que je prends du sien diminue beaucoup la pitié que j'avais de ses peines, et le regret d'être en quelque façon séparée de lui.

Nous sommes à Paris depuis quinze jours; je demeure avec Céline dans la maison de son mari, assez éloignée de celle de son frère pour n'être point obligée à le voir à toute heure. Il vient souvent y manger; mais, nous menons une vie si agitée, Céline et moi, qu'il n'a pas le loisir de me parler en particulier.

Depuis notre retour nous employons une partie de la journée au travail pénible de notre ajustement, et le reste à ce qu'on appelle rendre des devoirs.

Ces deux occupations me paraîtraient aussi infructueuses qu'elles sont fatigantes, si la dernière ne me procurait les moyens de m'instruire encore plus particulièrement des mœurs du pays. A mon arrivée en France, n'ayant aucune connaissance de la langue, je ne jugeais que sur les apparences. Lorsque je commençai à en faire usage, j'étais dans la maison religieuse: tu sais que j'y trouvais peu de secours pour mon instruction; je n'ai vu à la campagne qu'une espèce de société particulière: c'est à présent que répandue dans ce qu'on appelle le grand monde, je vois la nation entière, et que je puis l'examiner sans obstacles.

Les devoirs que nous rendons consistent à entrer en un jour dans le plus grand nombre de maisons qu'il est possible pour y rendre et y recevoir un tribut de louanges réciproques sur la beauté du visage et de la taille, sur l'excellence du goût et du choix des parures, et jamais sur les qualités de l'âme.

Je n'ai pas été longtemps sans m'apercevoir de la raison, qui fait prendre tant de peines, pour acquérir cet hommage frivole; c'est qu'il faut nécessairement le recevoir en personne, encore n'est-il que bien momentané. Dès que l'on disparaît, il prend une autre forme. Les agréments que l'on trouvait à celle qui sort ne servent plus que de comparaison méprisante pour établir les perfections de celle qui arrive.

La censure est le goût dominant des Français, comme l'inconséquence est le caractère de la nation. Leurs livres sont la critique générale des mœurs, et leur conversation celle de chaque particulier, pourvu néanmoins qu'ils soient absents: alors on dit librement tout le mal que l'on en pense, et quelquefois celui que l'on ne pense pas. Les plus gens de bien suivent la coutume; on les distingue seulement à une certaine formule d'apologie de leur franchise et de leur amour pour la vérité, au moyen de laquelle ils révèlent sans scrupule les défauts, les ridicules, et jusqu'aux vices de leurs amis.

Si la sincérité dont les Français font usage les uns envers les autres n'a point d'exception, de même leur confiance réciproque est sans bornes. Il ne faut ni éloquence pour se faire écouter, ni probité pour se faire croire. Tout est dit, tout est reçu avec la même légèreté.

Ne crois pas pour cela, mon cher Aza, qu'en général les Français soient nés méchants, je serais plus injuste qu'eux, si je te laissais dans l'erreur.

Naturellement sensibles, touchés de la vertu, je n'en ai point vu qui écoutât sans attendrissement le récit que l'on m'oblige souvent de faire de la droiture de nos cœurs, de la candeur de nos sentiments et de la simplicité de nos mœurs; s'ils vivaient parmi nous, ils deviendraient vertueux: l'exemple et la coutume sont les tyrans de leur conduite.

Tel qui pense bien d'un absent, en médit pour n'être pas méprisé de ceux qui l'écoutent: tel autre serait bon, humain, sans orgueil, s'il ne craignait d'être ridicule, et tel est ridicule par état, qui serait un modèle de perfections, s'il osait hautement avoir du mérite.

Enfin, mon cher Aza, chez la plupart d'entre eux les vices sont artificiels comme les vertus, et la frivolité de leur caractère ne leur permet d'être qu'imparfaitement ce qu'ils sont. Tels à peu près que certains jouets de leur enfance, imitation informe des êtres pensants, ils ont du poids aux yeux, de la légèreté au tact, la surface coloriée, un intérieur informe, un prix apparent, aucune valeur réelle. Aussi ne sont-ils guère estimés par les autres nations que comme les jolies bagatelles le sont dans la société. Le bon sens sourit à leurs gentillesses, et les remet froidement à leur place.

Heureuse la nation qui n'a que la nature pour guide, la vérité pour principe, et la vertu pour mobile.

XXXIII

Il n'est pas surprenant, mon cher Aza, que l'inconséquence soit une suite du caractère léger des Français; mais je ne puis assez m'étonner de ce qu'avec autant et plus de lumière qu'aucune autre nation, ils semblent ne pas apercevoir les contradictions choquantes que les étrangers remarquent en eux dès la première vue.

Parmi le grand nombre de celles qui me frappent tous les jours je n'en vois point de plus déshonorante pour leur esprit que leur façon de penser sur les femmes. Ils les respectent, mon cher Aza, et en même temps ils les méprisent avec un égal excès.

La première loi de leur politesse, ou, si tu veux, de leur vertu (car jusqu'ici je ne leur en ai guère découvert d'autres), regarde les femmes. L'homme du plus haut rang doit des égards à celle de la plus vile condition, il se couvrirait de honte et de ce qu'on appelle ridicule, s'il lui faisait quelque insulte personnelle. Et cependant l'homme le moins considérable, le moins estimé, peut tromper, trahir une femme de mérite, noircir sa réputation par des calomnies, sans craindre ni blâme ni punition.

Si je n'étais assurée que bientôt tu pourras en juger par toi-même, oserais-je te peindre des contrastes que la simplicité de nos esprits peut à peine concevoir? Docile aux notions de la nature, notre génie ne va pas au-delà; nous avons trouvé que la force et le courage dans un sexe indiquaient qu'il devait être le soutien et le défenseur de l'autre, nos lois y sont conformes.[55] Ici, loin de compatir à la faiblesse des femmes, celles du peuple, accablées de travail, n'en sont soulagées ni par les lois ni par leurs maris; celles d'un rang plus élevé, jouets de la séduction ou de la méchanceté des hommes, n'ont pour se dédommager de leurs perfidies, que les dehors d'un respect purement imaginaire, toujours suivi de la plus mordante satire.

Je m'étais bien aperçue en entrant dans le monde que la censure habituelle de la nation tombait principalement sur les femmes, et que les hommes entre eux ne se méprisaient qu'avec ménagement: j'en cherchais la cause dans leurs bonnes qualités, lorsqu'un accident me l'a fait découvrir parmi leurs défauts.

⌈Dans toutes les maisons où nous sommes entrées depuis deux jours on a raconté la mort d'un jeune homme tué par un de ses amis, et l'on approuvait cette action barbare, par la seule raison que le mort avait parlé au désavantage du vivant⌋ cette nouvelle extravagance me parut d'un caractère assez sérieux pour être approfondie. Je m'informai, et j'appris, mon cher Aza, qu'un homme est obligé d'exposer sa vie pour la ravir à un autre, s'il apprend que cet autre a tenu quelques discours contre lui; ou à se bannir de la société, s'il refuse de prendre une vengeance si cruelle. Il n'en fallut pas davantage pour

---

[55]Les lois dispensaient les femmes de tout travail pénible.

m'ouvrir les yeux sur ce que je cherchais. Il est clair que les hommes naturellement lâches, sans honte et sans remords, ne craignent que les punitions corporelles, et que si les femmes étaient autorisées à punir les outrages qu'on leur fait de la même manière dont ils sont obligés de se venger de la plus légère insulte, tel que l'on voit reçu et accueilli dans la société, ne serait plus; ou retiré dans un désert, il y cacherait sa honte et sa mauvaise foi. L'impudence et l'effronterie dominent entièrement les jeunes hommes, surtout quand ils ne risquent rien. Le motif de leur conduite avec les femmes n'a pas besoin d'autre éclaircissement: mais je ne vois pas encore le fondement du mépris intérieur que je remarque pour elles presque dans tous les esprits; je ferai mes efforts pour le découvrir; mon propre intérêt m'y engage. O mon cher Aza! quelle serait ma douleur, si à ton arrivée on te parlait de moi comme j'entends parler des autres.

XXXIV

Il m'a fallu beaucoup de temps, mon cher Aza, pour approfondir la cause du mépris que l'on a presque généralement ici pour les femmes. Enfin je crois l'avoir découverte dans le peu de rapport qu'il y a entre ce qu'elles sont et ce que l'on s'imagine qu'elles devraient être. On voudrait, comme ailleurs, qu'elles eussent du mérite et de la vertu. Mais il faudrait que la nature les fît ainsi; car l'éducation qu'on leur donne est si opposée à la fin qu'on se propose, qu'elle me paraît être le chef-d'œuvre de l'inconséquence française.

[On sait au Pérou, mon cher Aza, que pour préparer les humains à la pratique des vertus, il faut leur inspirer dès l'enfance un courage et une certaine fermeté d'âme qui leur forment un caractère décidé; on l'ignore en France] Dans le premier âge, les enfants ne paraissent destinés qu'au divertissement des parents et de ceux qui les gouvernent. Il semble que l'on veuille tirer un honteux avantage de leur incapacité à découvrir la vérité. On les trompe sur ce qu'ils ne voient pas. [On leur donne des idées fausses de ce qui se présente à leurs sens, et l'on rit inhumainement de leurs erreurs; on augmente leur sensibilité et leur faiblesse naturelle par une puérile compassion pour les petits accidents qui leur arrivent: on oublie qu'ils doivent être des hommes.]

Je ne sais quelles sont les suites de l'éducation qu'un père donne à son fils: je ne m'en suis pas informée. Mais je sais que, du moment que les filles commencent à être capables de recevoir des instructions, on les enferme dans une maison religieuse, pour leur apprendre à vivre dans le monde. Que l'on confie le soin d'éclairer leur esprit à des personnes auxquelles on ferait peut-être un crime d'en avoir, et qui sont incapables de leur former le cœur, qu'elles ne connaissent pas.

Les principes de religion, si propres à servir de germe à toutes les vertus, ne sont appris que superficiellement et par mémoire. Les devoirs à l'égard de la divinité ne sont pas inspirés avec plus de méthode. Ils consistent dans de petites cérémonies d'un culte extérieur, exigées avec tant de sévérité, pratiquées avec tant d'ennui, que c'est le premier joug dont on se défait en entrant dans le monde: et si l'on en conserve encore quelques usages, à la manière dont on s'en acquitte, on croirait volontiers que ce n'est qu'une espèce de politesse que l'on rend par habitude à la divinité.

[D'ailleurs rien ne remplace les premiers fondements d'une éducation mal dirigée. On ne connaît presque point en France le respect pour soi-même] dont on prend tant de soin de remplir le cœur de nos jeunes Vierges. Ce sentiment généreux qui nous rend les juges les plus sévères de nos actions et de nos pensées, qui devient un principe sûr quand il est bien senti, n'est ici d'aucune ressource pour les femmes. [Au peu de soin que l'on prend de leur âme, on serait tenté de croire que les Français sont dans l'erreur de certains peuples barbares qui leur en refusent une.]

Régler les mouvements du corps, arranger ceux du visage, composer l'extérieur, sont les points essentiels de l'éducation. C'est sur les attitudes plus ou moins gênantes de leurs filles que les parents se glorifient de les avoir bien élevées. Ils leur recommandent de se pénétrer de confusion pour une faute commise contre la bonne grâce: ils ne leur disent pas que la contenance honnête n'est qu'une hypocrisie, si elle n'est l'effet de l'honnêteté de l'âme. On excite sans cesse en elles ce méprisable amour-propre, qui n'a d'effet que sur les agréments extérieurs. On ne leur fait pas connaître celui qui forme le mérite, et qui n'est satisfait que par l'estime. On borne la seule idée qu'on leur donne de l'honneur à n'avoir point d'amants, en leur présentant sans cesse la certitude de plaire pour récompense de la gêne et de la contrainte qu'on leur impose. Et le temps le plus précieux pour former l'esprit est employé à acquérir des talents imparfaits, dont on fait peu d'usage dans la jeunesse, et qui deviennent des ridicules dans un âge plus avancé.

Mais ce n'est pas tout, mon cher Aza, l'inconséquence des Français n'a point de bornes. Avec de tels principes ils attendent de leurs femmes la pratique des vertus qu'ils ne leur font pas connaître, ils ne leur donnent pas même une idée juste des termes qui les désignent. Je tire tous les jours plus d'éclaircissement qu'il ne m'en faut là-dessus, dans les entretiens que j'ai avec de jeunes personnes, dont l'ignorance ne me cause pas moins d'étonnement que tout ce que j'ai vu jusqu'ici.

Si je leur parle de sentiments, elles se défendent d'en avoir, parce qu'elles ne connaissent que celui de l'amour. Elles n'entendent par le mot de bonté que la compassion naturelle que l'on éprouve à la vue d'un être souffrant; et j'ai même remarqué qu'elles en sont plus affectées pour des animaux que pour des humains; mais cette bonté tendre, réfléchie, qui fait faire le bien avec noblesse et discernement, qui porte à l'indulgence et à l'humanité, leur est totalement inconnue. Elles croient avoir rempli toute l'étendue des devoirs de la discrétion en ne révélant qu'à quelques amies les secrets frivoles qu'elles ont surpris ou qu'on leur a confiés. Mais elles n'ont aucune idée de cette discrétion circonspecte, délicate et nécessaire pour n'être point à charge, pour ne blesser personne, et pour maintenir la paix dans la société.

Si j'essaye de leur expliquer ce que j'entends par la modération, sans laquelle les vertus mêmes sont presque des vices; si je parle de l'honnêteté des mœurs, de l'équité à l'égard des inférieurs, si peu pratiquée en France, et de la fermeté à mépriser et à fuir les vicieux de qualité, je remarque à leur embarras qu'elles me soupçonnent de parler la langue péruvienne, et que la seule politesse les engage à feindre de m'entendre.

Elles ne sont pas mieux instruites sur la connaissance du monde, des hommes et de la société. Elles ignorent jusqu'à l'usage de leur langue naturelle; il est rare qu'elles la parlent correctement, et je ne m'aperçois pas sans une extrême surprise que je suis à présent plus savante qu'elles à cet égard.

C'est dans cette ignorance que l'on marie les filles, à peine sorties de l'enfance. Dès lors il semble, au peu d'intérêt que les parents prennent à leur conduite, qu'elles ne leur appartiennent plus. La plupart des maris ne s'en occupent pas davantage. Il serait encore temps de réparer les défauts de la première éducation; on n'en prend pas la peine.

Une jeune femme libre dans son appartement, y reçoit sans contrainte les compagnies qui lui plaisent. Ses occupations sont ordinairement puériles, toujours inutiles, et peut-être au-dessous de l'oisiveté. On entretient son esprit tout au moins de frivolités malignes ou insipides, plus propres à la rendre méprisable que la stupidité même. Sans confiance en elle, son mari ne cherche point à la former au soin de ses affaires, de sa famille et de sa maison. Elle ne participe au tout de ce petit univers que par la représentation. C'est une figure d'ornement pour amuser les curieux; aussi, pour peu que l'humeur impérieuse se joigne au goût de la dissipation, elle donne dans tous les travers, passe rapidement de l'indépendance à la licence, et bientôt elle arrache le mépris et l'indignation des hommes malgré leur penchant et leur intérêt à tolérer les vices de la jeunesse en faveur de ses agréments.

Quoique je te dise la vérité avec toute la sincérité de mon cœur, mon cher Aza, garde-toi bien de croire qu'il n'y ait point ici de femmes de mérite. Il en est d'assez heureusement nées pour se donner à elles-mêmes ce que l'éducation leur refuse. L'attachement à leurs devoirs, la décence de leurs mœurs et les agréments honnêtes de leur esprit attirent sur elles l'estime de tout le monde. Mais le nombre de celles-là est si borné en comparaison de la multitude, qu'elles sont connues et révérées par leur propre nom. Ne crois pas non plus que le dérangement de la conduite des autres vienne de leur mauvais naturel. En général il me semble que les femmes naissent ici bien plus communément que chez nous, avec toutes les dispositions nécessaires pour égaler les hommes en mérite et en vertus. Mais comme s'ils en convenaient au fond de leur cœur, et que leur orgueil ne pût supporter cette égalité, ils contribuent en toute manière à les rendre méprisables, soit en manquant de considération pour les leurs, soit en séduisant celles des autres.

Quand tu sauras qu'ici l'autorité est entièrement du côté des hommes, tu ne douteras pas, mon cher Aza, qu'ils ne soient responsables de tous les désordres de la société. Ceux qui par une lâche indifférence laissent suivre à leurs femmes le goût qui les perd, sans être les plus coupables, ne sont pas les moins dignes d'être méprisés; mais on ne fait pas assez d'attention à ceux qui par l'exemple d'une conduite vicieuse et indécente, entraînent leurs femmes dans le dérèglement, ou par dépit, ou par vengeance.

Et en effet, mon cher Aza, comment ne seraient-elles pas révoltées contre l'injustice des lois qui tolèrent l'impunité des hommes, poussée au même excès que leur autorité? Un mari, sans craindre aucune punition, peut avoir pour sa femme les manières les plus rebutantes, il peut dissiper en prodigalités aussi criminelles qu'excessives non seulement son bien, celui de ses enfants, mais même

143

celui de la victime qu'il fait gémir presque dans l'indigence par une avarice pour les dépenses honnêtes, qui s'allie très communément ici avec la prodigalité. Il est autorisé à punir rigoureusement l'apparence d'une légère infidélité en se livrant sans honte à toutes celles que le libertinage lui suggère [Enfin, mon cher Aza, il semble qu'en France les liens du mariage ne soient réciproques qu'au moment de la célébration, et que dans la suite les femmes seules y doivent être assujetties.]

Je pense et je sens que ce serait les honorer beaucoup que de les croire capables de conserver de l'amour pour leur mari malgré l'indifférence et les dégoûts dont la plupart sont accablées. Mais qui peut résister au mépris!

Le premier sentiment que la nature a mis en nous est le plaisir d'être, et nous le sentons plus vivement et par degrés à mesure que nous nous apercevons du cas que l'on fait de nous.

Le bonheur machinal du premier âge est d'être aimé de ses parents, et accueilli des étrangers. Celui du reste de la vie est de sentir l'importance de notre être à proportion qu'il devient nécessaire au bonheur d'un autre. C'est toi, mon cher Aza, c'est ton amour extrême, c'est la franchise de nos cœurs, la sincérité de nos sentiments qui m'ont dévoilé les secrets de la nature et ceux de l'amour. L'amitié, ce sage et doux lien, devrait peut-être remplir tous nos vœux; mais elle partage sans crime et sans scrupule son affection entre plusieurs objets; l'amour qui donne et qui exige une préférence exclusive, nous présente une idée si haute, si satisfaisante de notre être, qu'elle seule peut contenter l'avide ambition de primauté qui naît avec nous, qui se manifeste dans tous les âges, dans tous les temps, dans tous les états, et le goût naturel pour la propriété achève de déterminer notre penchant à l'amour.

Si la possession d'un meuble, d'un bijou, d'une terre, est un des sentiments les plus agréables que nous éprouvions, quel doit être celui qui nous assure la possession d'un cœur, d'une âme, d'un être libre, indépendant, et qui se donne volontairement en échange du plaisir de posséder en nous les mêmes avantages!

S'il est donc vrai, mon cher Aza, que le désir dominant de nos cœurs soit celui d'être honoré en général et chéri de quelqu'un en particulier, conçois-tu par quelles inconséquence les Français peuvent espérer qu'une jeune femme accablée de l'indifférence offensante de son mari ne cherche pas à se soustraire à l'espèce d'anéantissement qu'on lui présente sous toutes sortes de formes? Imagines-tu qu'on puisse lui proposer de ne tenir à rien dans l'âge où les prétentions vont toujours au-delà du mérite? Pourrais-tu comprendre sur quel fondement on exige d'elle la pratique des vertus, dont les hommes se dispensent en lui refusant les lumières et les principes nécessaires pour les pratiquer? Mais ce qui se conçoit encore moins, c'est que les parents et les maris se plaignent réciproquement du mépris que l'on a pour leurs femmes et leurs filles, et qu'ils en perpétuent la cause de race en race avec l'ignorance, l'incapacité et la mauvaise éducation.

O mon cher Aza! que les vices brillants d'une nation d'ailleurs si séduisante ne nous dégoûtent point de la naïve simplicité de nos mœurs! N'oublions jamais, toi l'obligation où tu es d'être mon exemple, mon guide et mon soutien dans le chemin de la vertu; et moi, celle où je suis de conserver ton estime et ton amour en imitant mon modèle.

XXXV

Nos visites et nos fatigues, mon cher Aza, ne pouvaient se terminer plus agréablement. Quelle journée délicieuse j'ai passée hier! Combien les nouvelles obligations que j'ai à Déterville et à sa sœur me sont agréables! Mais combien elles me seront chères quand je pourrai les partager avec toi!

Après deux jours de repos, nous partîmes hier matin de Paris, Céline, son frère, son mari et moi, pour aller, disait-elle, rendre une visite à la meilleure de ses amies. Le voyage ne fut pas long, nous arrivâmes de très bonne heure à une maison de campagne dont la situation et les approches me parurent admirables; mais ce qui m'étonna en y entrant, fut d'en trouver toutes les portes ouvertes, et de n'y rencontrer personne.

Cette maison, trop belle pour être abandonnée, trop petite pour cacher le monde qui aurait dû l'habiter, me paraissait un enchantement. Cette pensée me divertit; je demandai à Céline si nous étions chez une de ces fées dont elle m'avait fait lire les histoires, où la maîtresse du logis était invisible ainsi que les domestiques.

Vous la verrez, me répondit-elle, mais comme des affaires importantes l'appellent ailleurs pour toute la journée, elle m'a chargée de vous engager à faire les honneurs de chez elle pendant son absence. Mais avant toutes choses, ajouta-t-elle, il faut que vous signiez le consentement que vous donnez, sans doute, à cette proposition; ah! volontiers, lui dis-je en me prêtant à la plaisanterie.

Je n'eus pas plus tôt prononcé ces paroles, que je vis entrer un homme vêtu de noir, qui tenait une écritoire et du papier déjà écrit; il me le présenta, et j'y plaçai mon nom où l'on voulut.

Dans l'instant même, parut un autre homme d'assez bonne mine, qui nous invita selon la coutume de passer avec lui dans l'endroit où l'on mange. Nous y trouvâmes une table servie avec autant de propreté que de magnificence; à peine étions-nous assis, qu'une musique charmante se fit entendre dans la chambre voisine; rien ne manquait de tout ce qui peut rendre un repas agréable. Déterville même semblait avoir oublié son chagrin pour nous exciter à la joie: il me parlait en mille manières de ses sentiments pour moi, mais toujours d'un ton flatteur, sans plainte ni reproche.

Le jour était serein; d'un commun accord nous résolûmes de nous promener en sortant de table. Nous trouvâmes les jardins beaucoup plus étendus que la maison ne semblait le promettre. L'art et la symétrie ne s'y faisaient admirer que pour rendre plus touchants les charmes de la simple nature.

Nous bornâmes notre course dans un bois qui termine ce beau jardin: assis tous quatre sur un gazon délicieux, nous vîmes venir à nous d'un côté une troupe de paysans vêtus proprement à leur manière, précédés de quelques instruments de musique, et de l'autre, une troupe de jeunes filles vêtues de blanc, la tête ornée de fleurs champêtres, qui chantaient d'une façon rustique, mais mélodieuse, des chansons où j'entendis avec surprise que mon nom était souvent répété.

Mon étonnement fut bien plus fort lorsque, les deux troupes nous ayant joints, je vis l'homme le plus apparent quitter la sienne, mettre un genou en terre, et me présenter dans un grand bassin plusieurs clefs avec un compliment que mon trouble m'empêcha de bien entendre; je compris seulement qu'étant le chef des villageois de la contrée, il venait me rendre hommage en qualité de leur souveraine, et me présenter les clefs de la maison, dont j'étais aussi la maîtresse.

Dès qu'il eut fini sa harangue, il se leva pour faire place à la plus jolie d'entre les jeunes filles. Elle vint me présenter une gerbe de fleurs, ornée de rubans, qu'elle accompagna aussi d'un petit discours à ma louange, dont elle s'acquitta de bonne grâce.

J'étais trop confuse, mon cher Aza, pour répondre à des éloges que je méritais si peu; d'ailleurs tout ce qui se passait avait un ton si approchant de celui de la vérité, que dans bien des moments je ne pouvais me défendre de croire ce que, néanmoins, je trouvais incroyable. Cette pensée en produisit une infinité d'autres: mon esprit était tellement occupé, qu'il me fut impossible de proférer une parole: si ma confusion était divertissante pour la compagnie, elle était si embarrassante pour moi, que Déterville en fut touché. Il fit un signe à sa sœur, elle se leva après avoir donné quelques pièces d'or aux paysans et aux jeunes filles, en leur disant que c'étaient les prémices de mes bontés pour eux, elle me proposa de faire un tour de promenade dans le bois, je la suivis avec plaisir, comptant bien lui faire des reproches de l'embarras où elle m'avait mise; mais je n'en eus pas le temps. A peine avions-nous fait quelques pas qu'elle s'arrêta, et me regardant avec une mine riante: Avouez, Zilia, me dit-elle, que vous êtes bien fâchée contre nous, et que vous le serez bien davantage si je vous dis qu'il est très vrai que cette terre et cette maison vous appartiennent.

A moi, m'écriai-je! ah! Céline! Est-ce là ce que vous m'aviez promis? Vous poussez trop loin l'outrage, ou la plaisanterie. Attendez, me dit-elle plus sérieusement, si mon frère avait disposé de quelque partie de vos trésors pour en faire l'acquisition, et qu'au lieu des ennuyeuses formalités dont il s'est chargé, il ne vous eût réservé que la surprise, nous haïriez-vous bien fort? Ne pourriez-vous nous pardonner de vous avoir procuré, à tout événement, une demeure telle que vous avez paru l'aimer, et de vous avoir assuré une vie indépendante? Vous avez signé ce matin l'acte authentique qui vous met en possession de l'une et l'autre. Grondez-nous à présent tant qu'il vous plaira, ajouta-t-elle en riant, si rien de tout cela ne vous est agréable.

Ah! mon aimable amie! m'écriai-je en me jetant dans ses bras, je sens trop vivement des soins si généreux pour vous exprimer ma reconnaissance. Il ne me fut possible de prononcer que ce peu de mots; j'avais senti d'abord l'importance d'un tel service. Touchée, attendrie, transportée de joie en pensant au plaisir que j'aurais à te consacrer cette charmante demeure, la multitude de mes sentiments en étouffait l'expression. Je faisais à Céline des caresses qu'elle me rendait avec la même tendresse; et après m'avoir donné le temps de me remettre, nous allâmes retrouver son frère et son mari.

Un nouveau trouble me saisit en abordant Déterville, et jeta un nouvel embarras dans mes expressions; je lui

150

tendis la main; il la baisa sans proférer une parole, et se détourna pour cacher des larmes qu'il ne put retenir, et que je pris pour des signes de la satisfaction qu'il avait de me voir si contente; j'en fus attendrie jusqu'à en verser aussi quelques-unes. Le mari de Céline, moins intéressé que nous à ce qui se passait, remit bientôt la conversation sur le ton de plaisanterie; il me fit des compliments sur ma nouvelle dignité, et nous engagea à retourner à la maison, pour en examiner, disait-il, les défauts, et faire voir à Déterville que son goût n'était pas aussi sûr qu'il s'en flattait.

Te l'avouerai-je, mon cher Aza, tout ce qui s'offrit à mon passage me parut prendre une nouvelle forme; les fleurs me semblaient plus belles, les arbres plus verts, la symétrie des jardins mieux ordonnée. Je trouvai la maison plus riante, les meubles plus riches, les moindres bagatelles m'étaient devenues intéressantes.

Je parcourus les appartements dans une ivresse de joie qui ne me permettait pas de rien examiner. Le seul endroit où je m'arrêtai fut une assez grande chambre entourée d'un grillage d'or, légèrement travaillé, qui renfermait une infinité de livres de toutes couleurs, de toutes formes, et d'une propreté admirable; j'étais dans un tel enchantement, que je croyais ne pouvoir les quitter sans les avoir tous lus. Céline m'en arracha, en me faisant souvenir d'une clef d'or que Déterville m'avait remise. Je m'en servis pour ouvrir précipitamment une porte que l'on me montra; et je restai immobile à la vue des magnificences qu'elle renfermait.

C'était un cabinet tout brillant de glaces et de peintures: les lambris à fond vert ornés de figures extrêmement bien dessinées, imitaient une partie des jeux et des cérémonies de la ville du Soleil, tels à peu près que je les avais dépeintes à Déterville.

On y voyait nos Vierges représentées en mille endroits avec le même habillement que je portais en arrivant en France; on disait même qu'elles me ressemblaient.

Les ornements du temple que j'avais laissés dans la maison religieuse, soutenus par des pyramides dorées, ornaient tous les coins de ce magnifique cabinet. La figure du Soleil, suspendue au milieu d'un plafond peint des plus belles couleurs du ciel, achevait par son éclat d'embellir cette charmante solitude: et des meubles commodes assortis aux peintures la rendaient délicieuse.

Déterville, profitant du silence où me retenaient ma surprise, ma joie et mon admiration, me dit en s'approchant de moi: Vous pourrez vous apercevoir, belle Zilia, que la chaise d'or ne se trouve point dans ce nouveau temple du Soleil; un pouvoir magique l'a transformée en maison, en jardin, en terres. Si je n'ai pas employé ma propre science à cette métamorphose, ce n'a pas été sans regret; mais il a fallu respecter votre délicatesse. Voici, me dit-il en ouvrant une petite armoire pratiquée adroitement dans le mur, voici les débris de l'opération magique. En même temps il me fit voir une cassette remplie de pièces d'or à l'usage de France. Ceci, vous le savez, continua-t-il, n'est pas ce qui est le moins nécessaire parmi nous, j'ai cru devoir vous en conserver une petite provision.

Je commençais à lui témoigner ma vive reconnaissance, et l'admiration que me causaient des soins si prévenants, quand Céline m'interrompit, et m'entraîna dans une chambre à côté du merveilleux cabinet. Je veux aussi, me dit-elle, vous faire voir la puissance de mon art. On ouvrit de grandes armoires remplies d'étoffes admirables, de linge, d'ajustements, enfin de tout ce qui est à l'usage des femmes, avec une telle abondance, que je ne pus m'empêcher d'en rire et de demander à Céline combien d'années elle voulait que je vécusse pour employer tant de belles choses. Autant que nous en vivrons mon frère et moi, me répondit-elle: et moi, repris-je, je désire que vous viviez l'un et l'autre autant que je vous aimerai, et vous ne mourrez pas les premiers.

En achevant ces mots nous retournâmes dans le temple du Soleil, c'est ainsi qu'ils nommèrent le merveilleux cabinet. J'eus enfin la liberté de parler; j'exprimai comme je le sentais les sentiments dont j'étais pénétrée. Quelle bonté! que de vertus dans les procédés du frère et de la sœur!

Nous passâmes le reste du jour dans les délices de la confiance et de l'amitié; je leur fis les honneurs du souper encore plus gaiement que je n'avais fait ceux du dîner.

J'ordonnais librement à des domestiques que je savais être à moi; je badinais sur mon autorité et mon opulence; je fis tout ce qui dépendait de moi pour rendre agréables à mes bienfaiteurs leurs propres bienfaits.

Je crus cependant m'apercevoir qu'à mesure que le temps s'écoulait Déterville retombait dans sa mélancolie, et même qu'il échappait de temps en temps des larmes à Céline; mais l'un et l'autre reprenaient si promptement un air serein, que je crus m'être trompée.

Je fis mes efforts pour les engager à jouir quelques jours avec moi du bonheur qu'ils me procuraient. Je ne pus l'obtenir; nous sommes revenus cette nuit, en nous promettant de retourner incessamment dans mon palais enchanté.

O mon cher Aza! quelle sera ma félicité quand je pourrai l'habiter avec toi!

XXXVI

La tristesse de Déterville et de sa sœur, mon cher Aza, n'a fait qu'augmenter depuis notre retour de mon palais enchanté: ils me sont trop chers l'un et l'autre pour ne m'être pas empressée à leur en demander le motif; mais voyant qu'ils s'obstinaient à me le taire, je n'ai plus douté que quelque nouveau malheur n'ait traversé ton voyage, et bientôt mon inquiétude a surpassé leur chagrin. Je n'en ai pas dissimulé la cause, et mes amis ne l'ont pas laissée durer longtemps.

Déterville m'a avoué qu'il avait résolu de me cacher le jour de ton arrivée, afin de me surprendre, mais que mon inquiétude lui faisait abandonner son dessein. En effet, il m'a montré une lettre du guide qu'il t'a fait donner, et par le calcul du temps et du lieu où elle a été écrite, il m'a fait comprendre que tu peux être ici aujourd'hui, demain, dans ce moment même, enfin qu'il n'y a plus de temps à mesurer jusqu'à celui qui comblera tous mes vœux.

Cette première confidence faite, Déterville n'a plus hésité de me dire tout le reste de ses arrangements. Il m'a fait voir l'appartement qu'il te destine: tu logeras ici jusqu'à ce qu'unis ensemble, la décence nous permette d'habiter mon délicieux château. Je ne te perdrai plus de vue, rien ne nous séparera; Déterville a pourvu à tout, et m'a convaincue plus que jamais de l'excès de sa générosité.

Après cet éclaircissement, je ne cherche plus d'autre cause à la tristesse qui le dévore que ta prochaine arrivée. Je le plains: je compatis à sa douleur, je lui souhaite un bonheur qui ne dépende point de mes sentiments, et qui soit une digne récompense de sa vertu.

Je dissimule même une partie des transports de ma joie pour ne pas irriter sa peine. C'est tout ce que je puis faire; mais je suis trop occupée de mon bonheur pour le renfermer entièrement: ainsi, quoique je te croie fort près de moi, que je tressaille au moindre bruit, que j'interrompe ma lettre presque à chaque mot pour courir à la fenêtre, je ne laisse pas de continuer à t'écrire, il faut ce soulagement au transport de mon cœur. Tu es plus près de moi, il est vrai; mais ton absence en est-elle moins réelle que si les mers nous séparaient encore? Je ne te vois point, tu ne peux m'entendre, pourquoi cesserais-je de m'entretenir avec toi de la seule façon dont je puis le faire? Encore un moment, et je te verrai; mais ce moment n'existe point. Eh! puis-je mieux employer ce qui me reste de ton absence qu'en te peignant la vivacité de ma tendresse? Hélas! tu l'as vue toujours gémissante. Que ce temps est loin de moi! avec quel transport il sera effacé de mon souvenir! Aza, cher Aza! que ce nom est doux! Bientôt je ne t'appellerai plus en vain, tu m'entendras, tu voleras à ma voix: les plus tendres expressions de mon cœur seront la récompense de ton empressement.

XXXVII

Au Chevalier Déterville
A MALTE

Avez-vous pu, Monsieur, prévoir sans remords le chagrin mortel que vous deviez joindre au bonheur que vous me prépariez? Comment avez-vous eu la cruauté de faire précéder votre départ par des circonstances si agréables, par des motifs de reconnaissance si pressants, à moins que ce ne fût pour me rendre plus sensible à votre désespoir et à votre absence? Comblée il y a deux jours des douceurs de l'amitié, j'en éprouve aujourd'hui les peines les plus amères.

Céline, tout affligée qu'elle est, n'a que trop bien exécuté vos ordres. Elle m'a présenté Aza d'une main, et de l'autre votre cruelle lettre. Au comble de mes vœux, la douleur s'est fait sentir dans mon âme; en retrouvant l'objet de ma tendresse, je n'ai point oublié que je perdais celui de tous mes autres sentiments. Ah! Déterville, que pour cette fois votre bonté est inhumaine! Mais n'espérez pas exécuter jusqu'à la fin vos injustes résolutions; non, la mer ne vous séparera pas à jamais de tout ce qui vous est cher; vous entendrez prononcer mon nom, vous recevrez mes lettres, vous écouterez mes prières; le sang et l'amitié reprendront leurs droits sur votre cœur; vous vous rendrez à une famille à laquelle je suis responsable de votre perte.

Quoi! pour récompense de tant de bienfaits, j'empoisonnerais vos jours et ceux de votre sœur! je romprais une si tendre union! je porterais le désespoir dans vos cœurs, même en jouissant encore des effets de vos bontés! non, ne le croyez pas, je ne me vois qu'avec horreur dans une maison que je remplis de deuil; je reconnais vos soins au bon traitement que je reçois de Céline au moment même où je lui pardonnerais de me haïr; mais quels qu'ils soient, j'y renonce, et je m'éloigne pour jamais des lieux que je ne puis souffrir, si vous n'y revenez. Mais que vous êtes aveugle, Déterville! Quelle erreur vous entraîne dans un dessein si contraire à vos vues? Vous vouliez me rendre heureuse, vous ne me rendez que coupable; vous vouliez sécher mes larmes, vous les faites couler, et vous perdez par votre éloignement le fruit de votre sacrifice.

Hélas! peut-être n'auriez-vous trouvé que trop de douceur dans cette entrevue que vous avez crue si redoutable pour vous! Cet Aza, l'objet de tant d'amour, n'est plus le même Aza que je vous ai peint avec des couleurs si tendres. Le froid de son abord, l'éloge des Espagnols, dont cent fois il a interrompu les doux épanchements de mon âme, l'indifférence offensante avec laquelle il se propose de ne faire en France qu'un séjour de peu de durée, la curiosité qui l'entraîne loin de moi à ce moment même: tout me fait craindre des maux dont mon cœur frémit. Ah, Déterville! peut-être ne serez-vous pas longtemps le plus malheureux.

Si la pitié de vous-même ne peut rien sur vous, que les devoirs de l'amitié vous ramènent; elle est le seul asile de l'amour infortuné. Si les maux que je redoute allaient m'accabler, quels reproches n'auriez-vous pas à vous faire? Si vous m'abandonnez, où trouverai-je des cœurs sensibles à mes peines? La générosité, jusqu'ici la plus forte de vos passions, céderait-elle enfin à l'amour mécontent? Non, je ne puis le croire; cette faiblesse serait indigne de vous; vous êtes incapable de vous y livrer; mais venez m'en convaincre, si vous aimez votre gloire et mon repos.

XXXVIII

Au Chevalier Déterville
A MALTE

Si vous n'étiez pas la plus noble des créatures, Monsieur, je serais la plus humiliée; si vous n'aviez l'âme la plus humaine, le cœur le plus compatissant, serait-ce à vous que je ferais l'aveu de ma honte et de mon désespoir? Maïs hélas! que me reste-t-il à craindre? qu'ai-je à ménager? tout est perdu pour moi.

Ce n'est plus la perte de ma liberté, de mon rang, de ma patrie que je regrette; ce ne sont plus les inquiétudes d'une tendresse innocente qui m'arrachent des pleurs; c'est la bonne foi violée, c'est l'amour méprisé, qui déchirent mon âme. Aza est infidèle!

Aza infidèle! Que ces funestes mots ont de pouvoir sur mon âme . . . mon sang se glace . . . un torrent de larmes . . .

J'appris des Espagnols à connaître les malheurs; mais le dernier de leurs coups est le plus sensible: ce sont eux qui m'enlèvent le cœur d'Aza; c'est leur cruelle religion qui autorise le crime qu'il commet; elle approuve, elle ordonne l'infidélité, la perfidie, l'ingratitude; mais elle défend l'amour de ses proches. Si j'étais étrangère, inconnue, Aza pourrait m'aimer: unis par les liens du sang, il doit m'abandonner, m'ôter la vie sans honte, sans regret, sans remords.

Hélas! toute bizarre qu'est cette religion, s'il n'avait fallu que l'embrasser pour retrouver le bien qu'elle m'arrache, j'aurais soumis mon esprit à ses illusions. Dans l'amertume de mon âme, j'ai demandé d'être instruite; mes pleurs n'ont point été écoutés. Je ne puis être admise dans une société si pure sans abandonner le motif qui me détermine, sans renoncer à ma tendresse, c'est-à-dire, sans changer mon existence.

Je l'avoue, cette extrême sévérité me frappe autant qu'elle me révolte, je ne puis refuser une sorte de vénération à des lois qui dans toute autre chose me paraissent si pures et si sages; mais est-il en mon pouvoir de les adopter? et quand je les adopterais, quel avantage m'en reviendrait-il? Aza ne m'aime plus; ah! malheureuse . . .

Le cruel Aza n'a conservé de la candeur de nos mœurs que le respect pour la vérité, dont il fait un si funeste usage. Séduit par les charmes d'une jeune Espagnole, prêt à s'unir à elle, il n'a consenti à venir en France que pour se dégager de la foi qu'il m'avait jurée; que pour ne me laisser aucun doute sur ses sentiments; que pour me rendre une liberté que je déteste; que pour m'ôter la vie.

Oui, c'est en vain qu'il me rend à moi-même; mon cœur est à lui, il y sera jusqu'à la mort.

Ma vie lui appartient: qu'il me la ravisse, et qu'il m'aime . . .

Vous saviez mon malheur, pourquoi ne me l'avez-vous éclairci qu'à demi? Pourquoi ne me laissâtes-vous entrevoir que des soupçons qui me rendirent injuste à votre égard? Eh, pourquoi vous en fais-je un crime? Je ne vous aurais pas cru: aveugle, prévenue, j'aurais été moi-même au-devant de ma funeste destinée, j'aurais conduit sa victime à ma rivale, je serais à présent . . . O dieux! sauvez-moi cette horrible image! . . .

Déterville, trop généreux ami! suis-je digne d'être écoutée? Oubliez mon injustice; plaignez une malheureuse dont l'estime pour vous est encore au-dessus de sa faiblesse pour un ingrat.

XXXIX

Au Chevalier Déterville
A MALTE

Puisque vous vous plaignez de moi, Monsieur, vous ignorez l'état dont les cruels soins de Céline viennent de me tirer. Comment vous aurais-je écrit? Je ne pensais plus. S'il m'était resté quelque sentiment, sans doute la confiance en vous en eût été un; mais environnée des ombres de la mort, le sang glacé dans les veines, j'ai longtemps ignoré ma propre existence; j'avais oublié jusqu'à mon malheur. Ah, Dieux! pourquoi en me rappelant à la vie, m'a-t-on rappelée à ce funeste souvenir!

Il est parti! je ne le verrai plus! il me fuit, il ne m'aime plus, il me l'a dit: tout est fini pour moi. Il prend une autre épouse, il m'abandonne, l'honneur l'y condamne; eh bien, cruel Aza, puisque le fantastique honneur de

161

l'Europe a des charmes pour toi, que n'imitais-tu aussi l'art qui l'accompagne!

Heureuses Françaises, on vous trahit; mais vous jouissez longtemps d'une erreur qui ferait à présent tout mon bien. La dissimulation vous prépare au coup mortel qui me tue. Funeste sincérité de ma nation, vous pouvez donc cesser d'être une vertu? Courage, fermeté, vous êtes donc des crimes quand l'occasion le veut?

Tu m'as vue à tes pieds, barbare Aza, tu les as vus baignés de mes larmes, et ta fuite . . . Moment horrible! pourquoi ton souvenir ne m'arrache-t-il pas la vie?

Si mon corps n'eût succombé sous l'effort de la douleur, Aza ne triompherait pas de ma faiblesse . . . Tu ne serais pas parti seul. Je te suivrais, ingrat; je te verrais, je mourrais du moins à tes yeux.

Déterville, quelle faiblesse fatale vous a éloigné de moi? Vous m'eussiez secourue; ce que n'a pu faire le désordre de mon désespoir, votre raison, capable de persuader, l'aurait obtenu; peut-être Aza serait encore ici. Mais, déjà arrivé en Espagne au comble de ses vœux . . . Regrets inutiles! désespoir infructueux! . . . Douleur, accable-moi.

Ne cherchez point, Monsieur, à surmonter les obstacles qui vous retiennent à Malte pour revenir ici. Qu'y feriez-vous? Fuyez une malheureuse qui ne sent plus les bontés que l'on a pour elle, qui s'en fait un supplice, qui ne veut que mourir.

XL

Rassurez-vous, trop généreux ami, je n'ai pas voulu vous écrire que mes jours ne fussent en sûreté, et que moins agitée je ne puisse calmer vos inquiétudes. Je vis; le destin le veut, je me soumets à ses lois.

Les soins de votre aimable sœur m'ont rendu la santé, quelques retours de raison l'ont soutenue. La certitude que mon malheur est sans remède a fait le reste. Je sais qu'Aza est arrivé en Espagne, que son crime est consommé; ma douleur n'est pas éteinte, mais la cause n'est plus digne de mes regrets; s'il en reste dans mon cœur, ils ne sont dus qu'aux peines que je vous ai causées, qu'à mes erreurs, qu'à l'égarement de ma raison.

Hélas! à mesure qu'elle m'éclaire je découvre son impuissance, que peut-elle sur une âme désolée? L'excès de la douleur nous rend la faiblesse de notre premier âge. Ainsi que dans l'enfance, les objets seuls ont du pouvoir sur nous, il semble que la vue soit le seul de nos sens qui ait une communication intime avec notre âme. J'en ai fait une cruelle expérience.

En sortant de la longue et accablante léthargie où me plongea le départ d'Aza, le premier désir que m'inspira la nature fut de me retirer dans la solitude que je dois à votre prévoyante bonté: ce ne fut pas sans peine que j'obtins de Céline la permission de m'y faire conduire; j'y trouve des secours contre le désespoir que le monde et l'amitié même ne m'auraient jamais fournis. Dans la maison de votre sœur, ses discours consolants ne pouvaient prévaloir sur les objets qui me retraçaient sans cesse la perfidie d'Aza.

La porte par laquelle Céline l'amena dans ma chambre le jour de votre départ et de son arrivée; le siège sur lequel il s'assit; la place où il m'annonça mon malheur, où il me rendit mes lettres, jusqu'à son ombre effacée d'un lambris où je l'avais vue se former, tout faisait chaque jour de nouvelles plaies à mon cœur.

Ici je ne vois rien qui ne me rappelle les idées agréables que j'y reçus à la première vue; je n'y retrouve que l'image de votre amitié et de celle de votre aimable sœur. Si le souvenir d'Aza se présente à mon esprit, c'est sous le même aspect où je le voyais alors. Je crois y attendre son arrivée. Je me prête à cette illusion autant qu'elle m'est agréable; si elle me quitte, je prends des livres. Je lis d'abord avec effort, insensiblement de nouvelles idées enveloppent l'affreuse vérité renfermée au fond de mon cœur, et donnent à la fin quelque relâche à ma tristesse.

L'avouerai-je? les douceurs de la liberté se présentent quelquefois à mon imagination, je les écoute; environnée d'objets agréables, leur propriété a des charmes que je m'efforce de goûter; de bonne foi avec moi-même, je compte peu sur ma raison. Je me prête à mes faiblesses, je ne combats celles de mon cœur qu'en cédant à celles de mon esprit. Les maladies de l'âme ne souffrent pas les remèdes violents.

⌊Peut-être la fastueuse décence de votre nation ne permet-elle pas à mon âge l'indépendance et la solitude où je vis; du moins, toutes les fois que Céline me vient voir, veut-elle me le persuader; mais elle ne m'a pas encore donné d'assez fortes raisons pour m'en convaincre: la véritable décence est dans mon cœur.⌉ Ce n'est point au simulacre de la vertu que je rends hommage, c'est à la vertu même. Je la prendrai toujours pour juge et pour guide de mes actions. Je lui consacre ma vie, et mon cœur à l'amitié. Hélas! quand y régnera-t-elle sans partage et sans retour?

XLI

Au Chevalier Déterville
A PARIS

Je reçois presque en même temps, Monsieur, la nouvelle de votre départ de Malte et celle de votre arrivée à Paris. Quelque plaisir que je me fasse de vous revoir, il ne peut surmonter le chagrin que me cause le billet que vous m'écrivez en arrivant.

Quoi, Déterville! après avoir pris sur vous de dissimuler vos sentiments dans toutes vos lettres, après m'avoir donné lieu d'espérer que je n'aurais plus à combattre une passion qui m'afflige, vous vous livrez plus que jamais à sa violence!

A quoi bon affecter une déférence que vous démentez au même instant? Vous me demandez la permission de me voir, vous m'assurez d'une soumission aveugle à mes volontés, et vous vous efforcez de me convaincre des sentiments qui y sont le plus opposés, qui m'offensent; enfin que je n'approuverai jamais.

Mais puisqu'un faux espoir vous séduit, puisque vous abusez de ma confiance et de l'état de mon âme, il faut donc vous dire quelles sont mes résolutions plus inébranlables que les vôtres.

C'est en vain que vous vous flatteriez de faire prendre à mon cœur de nouvelles chaînes. Ma bonne foi trahie ne dégage pas mes serments; plût au ciel qu'elle me fît oublier l'ingrat! Mais quand je l'oublierais, fidèle à moi-même, je ne serai point parjure. Le cruel Aza abandonne un bien qui lui fut cher; ses droits sur moi n'en sont pas moins sacrés: je puis guérir de ma passion, mais je n'en aurai jamais que pour lui: tout ce que l'amitié inspire de sentiments est à vous, vous ne les partagerez avec personne, je vous les dois. Je vous les promets; j'y serai fidèle: vous jouirez au même degré de ma confiance et de ma sincérité; l'une et l'autre seront sans bornes. Tout ce que l'amour a développé dans mon cœur de sentiments vifs et délicats tournera au profit de l'amitié. Je vous laisserai voir avec une égale franchise le regret de n'être point née en France, et mon penchant invincible pour Aza; le désir que j'aurais de vous devoir l'avantage de penser, et mon éternelle reconnaissance pour celui qui me l'a procuré. Nous lirons dans nos âmes: la confiance sait aussi bien que l'amour donner de la rapidité au temps. Il est mille moyens de rendre l'amitié intéressante et d'en chasser l'ennui.

Vous me donnerez quelque connaissance de vos sciences et de vos arts; vous goûterez le plaisir de la supériorité; je la reprendrai en développant dans votre cœur des vertus que vous n'y connaissez pas. Vous ornerez mon esprit de ce qui peut le rendre amusant, vous jouirez de votre ouvrage; je tâcherai de vous rendre agréables les charmes naïfs de la simple amitié, et je me trouverai heureuse d'y réussir.

Céline, en nous partageant sa tendresse, répandra dans nos entretiens la gaieté qui pourrait y manquer: que nous restera-t-il à désirer?

Vous craignez en vain que la solitude n'altère ma santé. Croyez-moi, Déterville, elle ne devient jamais dangereuse que par l'oisiveté. Toujours occupée, je saurai me faire des plaisirs nouveaux de tout ce que l'habitude rend insipide.

Sans approfondir les secrets de la nature, le simple examen de ses merveilles n'est-il pas suffisant pour varier et renouveler sans cesse des occupations toujours agréables? La vie suffit-elle pour acquérir une connaissance légère, mais intéressante, de l'univers, de ce qui m'environne, de ma propre existence?

Le plaisir d'être; ce plaisir oublié, ignoré même de tant d'aveugles humains; cette pensée si douce, ce bonheur si pur, *je suis, je vis, j'existe,* pourrait seul rendre heureux, si l'on s'en souvenait, si l'on en jouissait, si l'on en connaissait le prix.

Venez, Déterville, venez apprendre de moi à économiser les ressources de notre âme, et les bienfaits de la nature. [Renoncez aux sentiments tumultueux, destructeurs imperceptibles de notre être; venez apprendre à connaître les plaisirs innocents et durables, venez en jouir avec moi, vous trouverez dans mon cœur, dans mon amitié, dans mes sentiments tout ce qui peut vous dédommager de l'amour.]

Modern Language Association of America
Texts and Translations

Texts

Translations

7. Dovid Bergelson. *Descent*. Trans. Joseph Sherman. 1999.
8. Sofya Kovalevskaya. *Nihilist Girl*. Trans. Natasha Kolchevska with Mary Zirin. 2001.
9. Anna Banti. *"The Signorina" and Other Stories*. Trans. Martha King and Carol Lazzaro-Weis. 2001.
10. Thérèse Kuoh-Moukoury. *Essential Encounters*. Trans. Cheryl Toman. 2002.
11. Adolphe Belot. *Mademoiselle Giraud, My Wife*. Trans. Christopher Rivers. 2002.